メディアワークス文庫

# だって望まれない番ですから1

一ノ瀬七喜

# 目　次

# ◇プロローグ◇

子供の頃は天空の城に憧れた。決して手の届くことのない、遥《はる》か遠くにある巨大な浮遊島。大小合わせると百を超える島には竜族が住み、地上を守護しているのだと聞いた。

（まさかその国に嫁ぐことになるなんて）

その日何度目かのため息を吐《つ》いたアデリエーヌ・リュシーは花の形をした砂糖菓子を噛《か》むと、窓の外に広がる空に目をやった。

大国の伯爵令嬢だったアデリエーヌの生活が一変したのは、十七歳の誕生日直前のことだった。自国の王からの書簡を手に伯爵家を訪れた騎士団に父は顔を青くし、母は卒倒した。

ろくな説明を受けないまま王城へ連れ出された。喜色満面の大臣たちが居並ぶ大広間で聞かされたのは、竜族の第三王子からの婚姻の申し出だった。

＊

「待ち望んだ番様《つがいさま》が人族だなんて第三王子殿下もお気の毒にね」

第三王子の居城の一角。昼食専用の小食堂へと向かう途中、女性特有の甲高い声がして侍女長を引き連れたアデリエーヌ・リュシー伯爵令嬢は足を止めた。声は閉め忘れた扉の奥からする。覗《のぞ》き見た部屋にいたのは揃《そろ》いの服を身に纏《まと》った掃除使用人だった。

視界に入る限りでは全部で五人。若い女が三人と、中年の女が二人。

赤茶色の髪を首の後ろで一本に束ねた気の強そうな顔立ちの女は、手にしていた布を足元の桶《おけ》に放り込むと女たちに同意を求める視線を送った。

若い女たちの反応はまちまちだ。

箒《ほうき》で床を掃いていた別の女は手を止めると厳しい顔をした。

「やめなさい。番様のことを話すなんて不敬よ。誰かに聞かれたら鞭打《むちう》ちじゃ済まされないわ」

王城で王族に関する私語は厳禁だ。序列の高い使用人に見つかれば口頭注意ではなく、重い罰を受けることになる。指摘を受けた女は片方の足に体重をかけると、腰に手を当てた。不愉快そうに唇を歪《ゆが》め、「あら、睨《にら》まれたわ。怖い顔しちゃってやぁねぇ」と嗤《し》笑《しょう》した。ギスギスしたやり取りはいつものことなのか、他の使用人は慣れた様子だ。

「ここは番様の居住区よ。この時間帯はあたしら掃除使用人以外の立ち入りは制限されているって言われたじゃない。誰かに聞かれるって、誰かって誰よ。番様が偶然通りかかりでもするのかしらぁ？」

「減らず口を……っ！」

嘲笑に悔しげに下唇を噛む。互いの間に距離がある為《ため》か、大きな声は広い部屋によく響いている。

アデリエーヌに聞かれているとは思いもしない女は話を続けた。

「皆《みんな》に聞いてみたかったのよ。ねぇ、皆は第三王子殿下をおいたわしいと思わないの？よりによって最下層の人族よ。しかも風が吹けば倒れそうな虚弱なお嬢様。見目はいいらしいけれど、それだけじゃないの。番迎えの儀を延期して静養しなければいけないほど体が弱いなんて最悪よ。儀式をなんとか終えられても、跡継ぎを産めるかどうかだって怪しいわ」

この世で最も長寿である竜族は異なる種族の番を迎え入れると、魂を繋《つな》ぐ番迎えの儀を行う。番の寿命を長寿の竜族に合わせる為に必要な儀式は通して三十日かかる。

番迎えの儀はあくまでも寿命を延ばす儀式だ。

若返るわけでも病が完治するわけでもない。老いる速度が落ちるだけで、肉体は儀式を受けた時の状態のままだ。体が弱く体力のない状態で儀式を受ければ、死ぬまでその体でいることになる。

わずかでも魔力を保有する種族であれば竜族に伝わる秘薬や回復魔法で完治後に番迎

えの儀を行えるが、弱くて脆《もろ》い人族に竜族の薬は劇薬にしかならず微量の魔力も持たないがゆえに回復魔法も効果がない。

竜族の国ドラグランドを訪れてすぐの頃、アデリエーヌは体調を崩し竜王との食事会の席で倒れた。

原因は精神的重圧と急激な環境の変化だった。

絶対安静の生活を送ることとなったアデリエーヌの為と、第三王子は自らの番が健康な状態になるまで儀式は受けないと父である竜王と魔塔の主《あるじ》、上位貴族に宣言した。やむなしと受け取る者、脆弱《ぜいじゃく》な人族が王子妃となることを不安視する者、懐疑的な声を上げる者と反応は様々だった。

「番様をお迎えするのを諦めて宰相様方が選び抜いたご令嬢の方々から選ばれた方がどれほどよかったか」

ため息交じりに女が言う。

番が同族、同年代とは限らない。異性であったり同性であったりと様々だ。惹《ひ》かれた相手と心を通わせ夫婦となる者もいれば、頑《かたく》なに番だけを追い求め伴侶を迎えず生涯を終える者もいる。

王族は体内に保有する魔力量が多い為、生まれる子供の数が少なく育ちにくい。現竜王は奇跡的に三人の息子と四人の娘に恵まれたが、四人の子供が青年期を前に鬼籍に入っている。

王族の減少は国の衰退を意味する。

危機感を持った貴族たちは第三王子に同族の貴族令嬢から妃を迎えるべきと進言した。

王族の義務を果たそうとする第三王子に待ったをかけたのは兄であり次代の王である王太子だった。彼は弟王子の政略結婚をよしとしなかった。

二人の話を聞いていた年若い女は花瓶を拭く手を止めた。

「ご令嬢の中での最有力候補は第三王子殿下側近のルドニー伯爵令嬢でしたよね」

「そうよ。第三王子殿下の信頼も厚く、お家柄も申し分ない方よ。あの方が最も相応《ふさわ》しいと思うわ。薄汚い人族なんかではなくてね!」

箒を持っていた女が同僚たちから離れ視界から消える。長い髪を編み込んだ女は納得のいかない顔をしている。

「……お、お、お言葉を返すようですが! だ、第三王子殿下が番様を人族だから嫌って遠ざけていると決めつけるのはどうかと思います。もしかしたら、もしかしたらですよ。番様が心を開かれるのを待っているのかもしれないじゃないですか」

「侍女たちの話では未《いま》だ番様のお名前を口にもしないし、触れもしないっていうじゃない。王太子殿下に幾度咎《とが》められても頑としてご自分を曲げないのよ、嫌悪の証《あかし》の他にある?」

城内で王族の私的なことを口にすることは禁じられている。会話に加わっているかどうかは関係なく、室内にいる使用人は罰を与えられることになる。もちろん、彼女たちだけでなく管理者である侍女長もだ。どうするつもりなのかと侍女長に意識をやる。侍女長は使用人たちの存在を完全に無視していた。動く気配はまるでない。

(そう、咎めるつもりはないのね)

侍女長は現在の任を命じられるまでは王子たちの教育係として働いていた。長い時間をかけ彼らの信頼を得た彼女はやがて侍女長となり、第三王子の番の世話役を任されることとなった。

血統を重んじる彼女にとって階級の最底辺に属する人族に頭を垂れることは耐え難い屈辱らしく、誠意をもって尽くすつもりはないらしい。陰口を耳にしてもこの通りの反応だ。

そもそもなぜ掃除使用人はアデリエーヌが通る時間帯に室内清掃をしているのか。侍女長をそっと一瞥《いちべつ》する。侍女長の微《かす》かに上がった口角と冷ややかな目の両方に滲《にじ》む軽蔑の色から彼女の意図に気がついた。

(自分たちがわたくしをどう思っているのか間接的に聞かせる為にわたくしが通る時間帯を狙って室内清掃をさせたのね。なんて程度の低いことを)

どこに嫁いだとしても受け入れられるまでには時間がかかるものだ。努力を重ねようと全員に認められ、好かれることなどあり得ない。

種族の壁は高く、容易に乗り越えられるものではないと自覚している。ここにいる全員に嫌われていても、自分は誰に対しても常に敬意をもって接するだけだ。

向けられる負の感情に負けるものかと背筋を伸ばす。自分は国の為になすべきことをするまでだと再び歩き出すと、背後から舌打ちの音がした。音の方角から舌打ちをしたのは護衛の一人だろう。

体の前で重ねた手に力を込める。

小食堂へと続く廊下がやけに長く感じた。

＊

柔らかな陽光が差し込む小食堂にはすでに第三王子の姿があった。テーブルに片肘をつき、羊皮紙に目を通している。

半分開けた窓からそよ風が吹いて、紫がかった長い黒髪を優しく揺らした。吸い込まれそうな黒曜石の目を持った端正な顔立ちの美しい青年は興味なさげにアデリエーヌを一瞥した。珍しいことに襟付きのシャツの袖を肘まで捲《まく》っている。

朝の挨拶と遅れたことへの謝罪をしてから着席する。返事らしい返事はない。第三王子は羊皮紙を雑に束ねると、斜め後ろに控えていた従者に手渡した。捲っていた袖を手早く元に戻し、テーブルに両手を乗せる。

空のティーセットと透明なグラス、折り畳んだナプキン。中央には硝子《ガラス》の水鉢にオレンジ色の花が活《い》けられている。

最初に運ばれたのは蓋付きのスープ皿だった。具のない琥珀《こはく》色のスープを飲み終えると、クルミを練り込んだパンとサラダ、バターでソテーした白身の魚がまとめて並べられた。アデリエーヌ専属の料理人は彼女の食事量を完全に把握しており、多過ぎも少な過ぎもせず適量だ。

甘味のある柔らかいパンを小さくちぎり口に運ぶ。

「今朝は体調がよかったのでロドンの庭園を散歩いたしました」

アデリエーヌが住む城のある敷地内には大小合わせて四十の庭がある。東屋《あずまや》や噴水などといった設《しつら》えのないロドンの庭園は居住区の南に位置している。

ドラグランドで流行《はや》っている物語の舞台である森をイメージして造られたそこは貴族の令嬢が散歩をする場所というよりは、小さな子供が木登りやかくれんぼに興じる場所に向いている。

石畳や煉瓦《れんが》で舗装されていない園道はやや歩きにくかったが、体の基本機能が衰えているアデリエーヌにはいい運動になった。

「あちらこちらにイラリアの花が咲いていて、とても素敵でした」

「そうか」

「夜光花とも呼ばれている花ですが、ご存知《ぞんじ》ありませんか？」

細く長い茎に釣り下がった鈴型の花は竜族には夜行花、人族の間では星花と呼ばれている。昼間はなんの変哲もないただの白い花だが、夜になると黄色く光り輝く性質を持っている。

「……知らん」

興味がないと言わんばかりの短い返事に眉が下がる。基本的に第三王子との会話は一方的だ。話題を見つけて話しかけるのも、会話を続けるのもアデリエーヌだけで彼からの返事がないことも珍しくない。

（今日は返事をしてくださった）

沈みそうになる気分を無理やり押し上げて話を続ける。

「我が国の図鑑には内袋に溜《た》めた光を真夜中に放出するとても珍しい花で、ドラグランドの山岳地帯に群生していると書いてありました。お城の庭で見られるとは思ってもおりませんでしたので、目にした時は非常に驚きました」

虚弱ではあったがアデリエーヌは好奇心旺盛な子供だった。体調のいい日は図鑑を手に屋敷を囲む森を散策し、寝台から離れることが困難な日は読書室から持ち込んだ本を読《よ》み漁《あさ》った。植物と動物が好きな娘の為に両親は多くの物を手に入れたが、竜族の土地に咲く花を手に入れることは不可能だった。

残念がるアデリエーヌに「いつか一緒にドラグランドでイラリアの花を見よう」と言ってくれたのは、幼馴染《おさななじみ》であり許婚《いいなずけ》だったアッシュ・ルーブであった。

(──アッシュ兄様…)

伯爵家の長男でアデリエーヌの二番目の兄の親友であった彼は、親の決めた政略結婚の相手だった。子供の頃は妹同然に、十三の年を迎えてからは一人の女性としてアデリエーヌを慈しんだ。彼は非の打ち所がない模範的で完璧な許婚だった。

長いこと許婚の関係でいたがアデリエーヌの成人の日に婚約式を執り行うことが決まっていた。

(国王陛下はアッシュ兄様の良縁を約束するとおっしゃっていたから、きっともうどなたかと婚約されたわよね)

笑みが薄くなり口角が不自然にひきつる。心の奥に押しやって封じたはずの未練のせいで、表情を上手《うま》く維持できない。

(アッシュ兄様とお話しするのは本当に楽しかった。義務や努力なんて一切なく、ただただ楽しくて幸せだった)

テーブル中央の花をぼんやりと眺める。

「どうした」

呼びかけに視線を第三王子に戻す。

国の為に頼む、そう言ってアデリエーヌの手を取った自国の王の言葉を思い出し笑みを戻す。

「……いえ、なんでもございません。あの、殿下。もしよろしければ夕刻、ロドンの庭園で散歩を――」

誘いの言葉は途中で切れた。頬が完全に強張《こわば》り、浮かびかけた表情が消える。テーブルの上で手を組んでいた第三王子の目は温度を感じさせない冷たいものだった。ほとんど手つかずの皿にナイフとフォークを並べて置く。給仕はアデリエーヌの食器を下げると、新しいティーカップを用意した。

第三王子は立ち上がると椅子の背を片手で摑《つか》んだ。アデリエーヌに背を向けて言う。

「行くなら必ず護衛を連れて行け」

その日の晩は特別に美しい夜だった。黄金の月が群青色の空に煌々《こうこう》と輝き、白亜の城を浮き上がらせている。夕食が用意された庭園ではイラリアの花が蛍のような光を発しながら、そよ風に揺れていた。遠くで夜鳥の鳴く声がする。

わずかな可能性に賭けて庭園の入り口で第三王子を待ったが、彼は来なかった。代わりに侍女から宝石で飾られた硝子の小箱を渡された。

「これは……？」

「番様のお国から我が国への献上品にございます」

各国からの献上品は国の宝物庫に入り、その後吉事に使われたり王族に配られたり貴族に下賜される。アデリエーヌの住む城の宝物庫にも結婚の祝い品として目も眩《くら》むような宝が所狭しと保管されているが、こうして直接手渡されるのは初めてだ。

箱の中身は色とりどりの丸い飴玉《あめだま》だった。色によって味が異なる飴は母国の領地にある小さな町で流通していたものだ。店主は若いが腕のいい飴細工職人で、アデリエーヌの深緑色の瞳に似た色の飴を贈ってくれたことがある。

（まさか、そんなわけ）

献上される品には一定の基準があり、厳しい審査を通過した物だけが王の元へ届けられる。人族の、それも小さな町の飴細工職人が作った品など選ばれるわけがない。

（でも……もしかしたら）

蘇《よみがえ》った思い出に目頭が熱くなる。アデリエーヌは硝子の小箱を胸に抱くと、高く昇った月を見上げた。

降り注ぐ月光はアッシュ・ループの眼差《まなざ》しのように優しかった。

＊

ドラグランドの春は長い。

日を遮る薄いカーテンが風に大きく揺れて、アデリエーヌは刺繍《ししゅう》を刺していた手を止めた。遠くから小鳥の囀《さえず》る声が聞こえる。大きく開け放たれた窓に目をやると水色の空が目に入った。

雲一つない空はどこまでも高く青く澄んでいる。芝に仰向《あおむ》けに寝転び、両手足を投げ出したら気持ちよさそうだ。

（いいお天気。少し日が陰ったらお散歩に出ようかしら）

裁縫用の鋏《はさみ》で糸を切って別の針を手に取る。針穴にはすでに別の糸が通されていた。

アデリエーヌ付きの侍女たちは細かなところにも気が利く。常に無表情で雑談に応じる気安さも親しみも皆無だが、侍女としての働きは申し分ない。

休憩を挟みながら黙々と刺繍を進めていると、部屋の扉が勢いよく開け放たれた。

「喉が渇いた！　アデル、お茶入れて！」

挨拶もせず言い放ったのは第三王子専属の騎士団に所属するクレッシド・バルベール

とルチア・ボルボスだった。くっきりとした眉が印象的なクレッシドは見るからにやんちゃそうな少年で、細く引き締まった腰のルチアは中性的な顔立ちをしている。二人は黒地に赤い模様の入った細身の制服を着用し、その上から腰丈のマントを羽織っていた。

「わたくしは給仕ではないのよ」

咎めると二人は互いの顔を見合わせてから、アデリエーヌに向かって首を傾《かし》げた。

「知ってる」

「知ってるわ」

クレッシドのふわふわと波打つ柔らかそうな緑色の髪が吹き込んだ風に揺れる。

「おかしなことを言う奴《やつ》だな。誰かに給仕扱いでもされたのか」

「とんでもない奴がいたものね」

針ごと布を侍女に手渡す。

父親が兄弟同士で従兄妹《いとこ》関係にあるせいか、顔立ちだけでなく言動までもがよく似ている。

二人と出会ったのは二月《ふたつき》ほど前のことだ。

「番様にご挨拶申し上げます」

最初の挨拶は確かそんなだったと思う。興味津々といった感じのルチアに比べ、クレッシドは好意的な顔はしていなかった。偶然姿を見かけたから仕方なしに挨拶をしたと言わんばかりの態度だった。

アデリエーヌの居住区に貴族の出入りはない。木陰で休んでいたアデリエーヌは二人を騎士見習いか使用人の関係者だろうと推測し軽い挨拶を返した。

それっきりになるだろうと思ったが、二人は頻繁に姿を現すようになった。

言葉を交わすうちクレッシドは堅苦しく棘《とげ》のある態度を改め、砕けた口調で話しよく笑うようになった。体が丈夫ではなく社交の場に出たことのないアデリエーヌにとって初めてできた同年代の友人が、騎士見習いでも使用人の関係者でもなく第三王子が率いる紅《ぐ》蓮《れん》の騎士団の団員だと知った時はとても驚いた。

「こちらが間違っていると思わせる言い方はやめてちょうだい。わたくしを給仕扱いしているのは二人でしょう」

「いいじゃない。侍女よりアデルが入れてくれるお茶の方が美味《おい》しいんだもの。さぁ、外に出ましょ！」

膝まである黒のロングブーツがカツカツと音を立てる。

大柄な竜族の中では小柄な体軀《たいく》の二人はリスのように機敏だ。ルチアは戸惑う侍女たちを無視してアデリエーヌを横抱きにすると、クレッシドに向かって顎をしゃくった。

クレッシドは承知したとばかりに衣《い》装《しょう》部屋から持ち出したつばの広い帽子をアデリエーヌに被《かぶ》せた。

「ちょ、ちょっと！」

口先だけの抵抗をさらりと無視して部屋から飛び出す。向かった先は中庭だった。中庭には六角錐《ろっかくすい》の屋根が目を引く白い東屋があり、すでに丸型のテーブルと椅子が三脚用意されていた。ルチアはアデリエーヌを地面に下ろすとカートの前に立ち、並んだ瓶に目をやった。

竜族は世界各地に茶畑を所有し、その土地ごとの製法で作られた茶葉は数千種類あるとも言われている。アデリエーヌに用意された茶葉は世界中から集められた物の中からさらに厳選された最高級品ばかりだ。

甘味のあるもの、苦味の強いもの。未発酵の茶から果実茶まであらゆる種類の茶が常時三百種類以上あり、その日の天候やアデリエーヌの体調によってそのうちの十種類がカートに用意される。

ルチアは赤い紐《ひも》が括《くく》りつけられていた瓶を手に取ると蓋を開け香りを嗅いだ。

「これいつもの？」

ルチアが選んだのは十種類の茶葉とは別にアデリエーヌが一日に数杯飲むことを義務付けられている茶だ。滋養に富み体質改善が期待されると言われている茶は爽やかな香りの後に舌先が痺《しび》れる独特の苦味があった。

（体に良《い》いのはわかっているけれど何度口にしても苦味には慣れないし、好んで飲もう

とは思えないのよね。どうかルチアが選びませんように）

内心で祈りながらアデリエーヌは軽い返事を返した。

「ええ、そうよ。用意してくれたお菓子に合わせるならこれなんてどうかしら」

言って手にしていた瓶を顔の横で軽く振る。ルチアは自分の瓶とアデリエーヌが持っていた瓶を交換すると、「これでよろしく」と言って丸テーブルから引き出した椅子に座った。

「せっかくお勧めしたのに」

「お勧めは後でね。第三王子殿下から体の為に毎日飲むように言われているのに、ああだこうだ理由をつけてまだちゃんと飲んでいないんでしょ。付き合ってあげるから飲んでしまいなさいよ」

「だって苦いのだもの」

渋るとルチアはやれやれと首を横に振った。

「あらやだ、これだから味覚が未発達のお子様は困るわ」

「お子様にお子様なんて言うなよ。お子様が傷つく、可哀想《かわいそう》だろ」

「……わかった。いいわよ、これにする」

「無理するなよ、お子様」

「無理しなくていいのよ、お子様」

　アデリエーヌはムッとしてニヤニヤと笑う二人に重ねたナプキンを投げつける。

「お子様お子様って二人ともうるさい。確かにこれを飲み始めてから調子がよくなっているけれど、苦手なものは仕方がないでしょう」

　ティーポットを温めていた湯を捨て、ルチアが指定した瓶から三人分の茶葉をティーポットに移す。

「討伐はどうだった？」

　二日前まで二人が所属する団は西の森で魔獣の討伐に出ていた。クレッシドは胸を張ると、ツンと顎を上げた。

「俺たちを誰だと思ってんだ？　楽勝に決まってんだろ」

　背もたれにふんぞり返るクレッシドにルチアは呆《あき》れた顔をした。

「そうじゃないわよ、楽勝なのはわかりきってるじゃない。楽勝じゃなかったらここでのんびりお茶なんてしてないっつの。アデルが聞いているのは結果じゃなくて過程。どんな様子だったかに決まってるでしょ。口開く前に頭使いなさいよね。恥ずかし」

「あ？　なんだと、コラ。今バカにしたろ、おい」

「したらなによ」

　額を突き合わせ睨み合う。

（また始まった）

蒸気で茶葉が開いたのを確認して、ティーポットに沸騰直前の湯を入れる。その間、給仕は三人の前に生クリームを添えた焼き菓子と瑞々《みずみず》しい果物を盛った皿を並べた。どちらもアデリエーヌが好きなものだ。

黄色に近い薄緑色の茶をカップに注《つ》ぐ。

「そっくり兄妹《きょうだい》、じゃれ合いはおしまいにして」

ティーカップを各自の前に置く。二人はアデリエーヌに険しい顔を向けた。

「は？　誰と誰が兄妹だって？　眼球に異常があんのか？」

「こいつと似てるとかやめてよ。両目に回復魔法をかけた方がいいんじゃない？　あ、人族には治療魔法効果ないんだっけ」

文句の内容もタイミングもぴったりと一致している。髪の色、目の色、幼さを残す顔かたち。不満を表す眉の動きさえ同じだ。

（どこからどう見ても兄妹じゃない。互いの言動がどれだけ似通っているかまるで自覚がないのね）

二人はブツブツと口の中で文句を言いながら同時にティーカップに口をつけた。

「それで、どうだったの？」

「ああ、今回の討伐は凄《すご》かったんだぜ！」

討伐時の様子をクレッシドは身振り手振りを交え、面白おかしく語った。城から出られず、他の貴族たちと交流を持つ機会もないアデリエーヌにとって二人の存在は大きな慰めになっている。

「ねぇ、二人は頻繁に討伐に出ているけれど二人のご家族は反対していないの？」

「反対？」

クレッシドは焼き菓子にフォークを突き刺すと生クリームをたっぷりとつけた。

「騎士団に所属しているとはいっても成人前でしょう。親元を離れて討伐に出るなんて危ないわ」

問われてテーブルの上で二人の手が止まる。数秒の後、二人はゲラゲラと腹を抱えて笑い出した。

「嘘《うそ》だろ、本気かよ。アデル俺たちをいくつだと思ってるんだ？　こりゃあれだな、お前が落ち着きがなくてガキっぽいせいだな」

「あたしじゃなくてあんたよ、あんた！　ちょっとアデル、あたしたちこれでもとっくの昔に成人済みよ。今年で百二十四歳！」

笑うルチアに数秒置いて反芻《はんすう》する。

「ひゃくにじゅうよんさい」

「百二十四歳」

「ひゃく——ひゃ、ひゃく？　ええっ！　え、やだ。ご、ごめんなさい。てっきり……

わたくしより年下かと。だって、二人ともほら……」

もじもじしながら両手で囲むようにティーカップを持つ。クレッシドは人差し指で自らの髪飾りをコンコンと叩《たた》いた。

「これ、成人の証として当主から贈られた物だって言わなかったっけ？」

筒状の髪飾りは銀製で、よく見ると細かな模様が彫られていた。

「ま、この言動でこの幼顔じゃ勘違いして当然かな」

「落ち着きないしな」

「あんたはね」

「俺らがこんな感じなのは、うちの一族のしきたりのせいだ。うちの一族は成人前に能力の九割を制限する腕輪を装着して、平民に交ざって生活することが義務づけられてんだ」

「よくある市井の生活を知りなさいってやつ」

「期間は五十年から百年の間。俺たちは七十年くらいだったな」

「二人一緒に？」

「いや、別々。開始時期も場所も決めるのは当主だ。俺は放り出された土地で討伐ギルドに入って傭兵《ようへい》まがいのこととして生活してた。ルチアと再会したのは最後に会ってから十年くらいか？」

「三十三年よ。再会したのは三十三年後、バトア地区でだったじゃない」

「そうそう。偶然戦場で会ってさ。あの時は超笑ったなぁ。目立つのがいるからぶっ殺そうと思ったらこいつなの」

「誰が誰に殺《や》られるって？　あんたに殺られるほど弱くないわよ」

「あ？　んだと、このクソ女」

歯を剝《む》き出《だ》し睨み合う。

二人が喧嘩《けんか》を始めると長い上にしつこい。アデリエーヌはやめろとばかりに焼き菓子を投げつけた。二人はそれを胸の前で受け止めると口に運んだ。

「お堅い貴族でいるよりも平民生活の方が性に合ってたんだよな。馴染《なじ》みまくったせいで貴族の世界に戻ってもほれこの調子」

「それはあまり関係ないのでは」

「人族の成人っていくつ？」

口をモゴモゴさせながらルチアが訊《き》く。

「地方によって異なるけれど、わたくしの領地では男性は十六歳、女性は十七歳よ」

二人は予想外の答えに目を丸くした。

「うちの領地民の平均の寿命が五十歳前後だから妥当なところよ。わたくしはあまり丈夫でないから成人を迎えられないかもしれないと言われていたけれど十七まで生きたわ。

なんとかなるものよね」

「待て待て。もし儀式をやらないでいたらアデルの寿命は」

「平均寿命よりは短いかも。んー……長く見積もって四十年？」

さらりと答えると二人は祈るように手を組み、神妙な面持ちでテーブルに視線を落とした。

「二人ともどうしたの？」

「とんでもない衝撃を受けてぶっ倒れそう。知ったつもりでいたけど、まさかそこまで短命だとは思ってもいなかった」

竜族は魔力の保有量によって寿命の長さが異なる。平民は二百年前後、貴族で四百年から八百年。王族は貴族の十倍以上を生きるが、膨大な魔力を体内で生成し維持できなくなっても死ぬ。エルフに続く長寿の一族からしてみれば百年にも満たない人族の一生はほんの一瞬だ。

「短いな」

うん、と頷《うなず》いてルチアはティーカップに残るお茶を指差した。

「お茶飲んで。ゴクゴク飲んで。お代わりして」

水分を取って落ち着いた方がいいのは自分たちではないか、と思う。

「？　ありがとう……」

ルチアは両肘をテーブルにつき、両手のひらに顎を乗せた。

「一日でも早く儀式を受けられればいいのに。いや、わかるのよ。儀式を受けた時の状態が重要だってことは。でもそれにこだわり過ぎてもし何かあったら」

「それが寿命なら仕方ないだろ。この世のどっかに生まれ変わるんだ。俺はアデルが生まれ変わるのを待つよ。それでもってまた友達になる」

アデリエーヌは花の形をした焼き菓子を半分に割り、一つをさらに小さくしてから口に運ぶ。

「生まれ変わっても同じ人の番になるの？」

「そういう言い伝えがある。輪廻《りんね》が終わって魂が消滅するまで繰り返されるんだ。どこの世界に生まれるかわからない番を探すのは人族以外の種の定めだな」

「探しても見つからない可能性が高いのよ。何よりあたしは今のアデルが好きだわ。だから一日も早く健康になって儀式を受けてもらわなくちゃ。さぁ、たくさんお茶を飲んで！　お菓子もたくさん食べるのよ！」

菓子をぐいぐいと口に押し付けられ、強引に詰め込まれる。じゃれ合う二人を横目に菓子を頬張っていたクレッシドはティーカップに手を伸ばしながら言った。

「二人とも行儀が悪いぞ」

「お菓子を頬にぱんぱんに詰めているあんたにだけは言われたくない。ね、アデル」

「うん」

「うるへぇ」

ごくりと飲み込んで茶で流す。

「アデル、次は蒸留酒と蜂蜜入れたのが飲みたい」

「あ、あたしもー」

ティーカップを数センチ持ち上げてお代わりを要求したクレッシドとそれに便乗しようとしていたルチアが表情を変えたのはほぼ同時だった。クレッシドは弾《はじ》かれたように椅子から飛び上がると、勢いよく背後を振り返った。一拍置いてルチアが続く。貴族らしくない、優雅ではない動きだったがそれを気にしてなどいられなかった。

その場にいた全員の心臓を凍り付かせたのは、数人の従者を引き連れた王太子と第三王子だった。

膝まである長い銀髪を揺らしながらにこやかな表情で近づいてきた王太子は繊細そうな美青年で、中性的な雰囲気を漂わせている。透き通る青白い肌。海と同じ煌《きら》めく青色の目。息を飲むほど美しく整った顔は神々しくもある。

「楽しそうだね」

柔らかい優しい声に背筋が伸びる。王太子から滲み出る威圧感に萎縮しつつも、クレッシドに続いてアデリエーヌとルチアも礼を取った。

「王太子殿下、第三王子殿下にご挨拶申し上げます」

「ああ、いいよ、いいよ。堅苦しい挨拶は不要だ」

王太子は金糸で刺繍を施した真っ白な衣装を、第三王子は襟とベストに銀糸で刺繍を施した黒地の衣装を身に纏っている。

兄と弟、二人とも細身で似た体格をしているが色彩は真逆だ。

「私たちも呼ばれてもいいかな？」

「もちろんです」

クレッシドとルチアが椅子から数歩後ろに離れると、給仕は素早くテーブルを片付けた。食器だけでなくクロスまでもが真新しいものに交換される。

王太子に促されアデリエーヌと第三王子は椅子に腰を下ろした。

「体の調子はどうだい」

「自国よりもこちらの方が穏やかな気候ですので、楽に過ごせております。お気遣いありがとうございます」

穏やかで優しい声に笑みを返す。緊張で顔の筋肉が上手く動いていないのがわかる。

近いうち義兄となる相手だが、王太子は本来であれば視線を合わすことさえ許されない高貴な存在だ。幾度言葉を交わしても親しみを抱けない。

「そう、ならよかった」

純金で飾り付けられたカートを押した給仕が王太子の横に立つ。カートには先ほどとはまた別の茶葉の瓶が横一列に並んでいた。瓶を一つ、二つと手に取る。

「ほう、どれも滅多に手に入らない茶葉ばかりだな。父上が番の務めとしてお前に茶葉の選出を命じた時はどうなるかと思ったが、きちんとやっているようで安心したよ。どれがお勧め？」

「……一番左のものを」

「これ？」

指差された瓶の蓋を外し、鼻先に近づける。

「良い香りだ。うん、悪くない。これにしよう」

第三王子が選んだのは乾燥させたオレンジの皮を混ぜた茶葉だった。苦みを抑えた口当たりの優しいお茶は蜂蜜で表面をコーティングした硬めの焼き菓子によく合う。給仕が手際よく茶を入れる。

柔らかな風が葉を撫《な》でる音だけがする。

最初に口を開いたのは王太子だった。

「変わった焼き菓子だね」

白地に金縁模様の皿に盛った焼き菓子に手を伸ばす。

「わたくしの母国の菓子にございます。卵白を泡立てたものに砂糖を混ぜて焼いただけの簡単なものなのですが、口の中でとろける食感を楽しめます。こちらは木の実と乾燥果実を蜂蜜で固めたもので、鷹狩《たかが》りの際の携帯食としても人気があります」

「ふうん、どちらも美味しそうだ。だが人族の間で人気の菓子を焼ける料理人なんてこの国にいたかな」

菓子を摘まみ口に運ぶ。

「起き上がれるようになってからも城の外に出ていないと聞いたが、理由でも？」

「いいえ、外出を控えているのは侍医より時間をかけ体を慣らしながらとご指示がありましたもので」

「そうなのか。てっきり弟が体の弱い大切な番を誰にも見せたくなくて外に出さないでいるのかと思っていたよ」

鋭い指摘にどう答えたものかと考える。アデリエーヌの生活のほとんどは第三王子が決定権を握っており、自分で決められることは少ない。

散歩のコース、刺繍の模様、恋愛小説、口にする菓子、それと――初めての友人。

「実は……国におりました時分も街や村に出ることは滅多になく、ほとんどの時間を伯爵家の敷地内で過ごしておりました。外出をしなければと思うのですが、読書や刺繍をしている方が楽しくて」

アデリエーヌは咄嗟《とっさ》に嘘をついた。嘘をついた理由は自分でもわからない。ただそう言わなければならない気がした。

「なんだ、そういうことだったのか！」

おかしそうに王太子が笑う。

「では私の茶会に招待しても問題はなさそうだね。皆にこの世で最も愛らしい義妹を自慢できる日を今か今かと待っていたんだ」

思いがけない誘いに第三王子に目をやる。

「兄上、彼女はまだこちらの作法も身に付いておりません。どうかお許しを」

「非公式の個人の場で作法など気にすることはないのに、私の弟は本当に頭が固い」

王太子はやれやれと肩をすくめた。気分を害した様子はない。

「建物内で過ごすのも悪くはないが、この国には人族の世界にはない珍しいものが多くある。何か興味のあることはないか？」

「そうですね、空魚《くうぎょ》……でしょうか」

「空魚？　なんでまたあんなもの。珍しくもなんともないだろう」

テーブルに片肘をついて第三王子を見やる。

「地上の空魚は三百年ほど前に絶滅しております」

「昔読んだ本に陽光を鱗《うろこ》に反射させながら空を泳ぐ姿がとても美しいと書かれておりました。いつかこの目でその様を見てみたいと思っておりましたので、空魚がいるのはドラグランドでも限られた地区だと知った時は少し落胆しました」

「なら私が贈ってあげよう。この辺りを泳いでいたら楽しいだろう？　明日にでも手配してあげる」

とんでもない申し出に目を丸くする。困惑していると第三王子が口を挟んだ。

「お戯れを。ご多忙な兄上の手を煩わせる愚かなことを願うわけがありません」

険のある言い方に王太子は短く息を吐くと、嫌悪感を露《あら》わにした。

「やめなさい。どうしてお前はそのような言い方しかできないのだ。言葉を選べ」

弟を諫《いさ》め、しゅんと肩を落としたアデリエーヌに「許してやってくれ。口が悪いのは昔からなのだ」と優しい声色で弟を擁護する。

「あれはどこでも生きられるわけではありません。飼うのでしたら環境を整えてからにせねば、すぐに死んでしまいます」

「死んだら新しいのと交換したらいいじゃないか。たかが魚だ、いくらでも獲《と》ってこさせればよい。まったく、お前は面白みがない。番を楽しませてやりたいと思わないのか？」

第三王子は苛立《いらだ》たしげにテーブルの上で拳を握った。

「不自由のない生活を送れているのですからそれで十分でしょう。執務が残っていますのでそろそろ失礼させていただきます。——行くぞ」

「は、はい……っ！」

急《せ》かされてアデリエーヌは慌てて立ち上がった。

次の瞬間、目の前が真っ白になった。

体が斜めにぐらついて咄嗟に手を伸ばした。指先が第三王子に触れそうになる。

「アデル！」

倒れかけた体を支えたのは第三王子ではなくルチアだった。細い腕に腰を抱かれたまま第三王子に目をやる。

——驚いた。

触れる寸前で手を後方に引いた彼の顔は蒼白《そうはく》で、瞳は恐怖に揺れていた。呼吸をすることも忘れアデリエーヌを凝視している。今にも死にそうな重病人を見る目つきだ。

あからさまな拒絶になんともいえない空気になる。呆れ顔の王太子が口を開いた。

「お前という奴は……」

そこで言葉を切り、首を横に振る。

「一人で戻りなさい」

王太子の命令に第三王子は体の脇に垂らした手を震わせ拳を固く握った。目つきは険しく、苛立ちが全面に出ている。言いたい言葉を飲み込んで足早に立ち去る背中を見つめていたアデリエーヌは王太子の視線に促され元の椅子に戻った。

「弟がすまない」

小刻みに震える手をテーブルの下に隠し「いいえ」と首を横に振る。

王太子は右肘をテーブルにつくと、手を軽く振った。全員がその場から距離を取る。

「先ほどのあれは……あれはわたくしがいけなかったのです。誰だって急に手を伸ばされたら驚きますもの」

涙交じりの声に王太子はほんの一瞬だけ不快げに口元を歪めたがすぐに表情を取り繕い、残り少なくなったティーカップの縁を指先でなぞった。

「庇《かば》うことはない。貴女《あなた》が弟から受けている仕打ちは知っている。私が間に入ることで態度を改めてくれればと思ったのだが」

「あらぬ噂《うわさ》が流れているようでございますが、殿下はわたくしに十分よくしてくださっています。蔑《ないがし》ろになどされておりません」

王太子はアデリエーヌに体を完全に向けるとその美しく愛らしい顔を見つめた。青い瞳が彼女の奥深くにあるものを探る。

居心地が悪く、落ち着かない。部屋に戻りたい気持ちがどんどん強くなる。

「アデリエーヌ……」

動悸がして息がしにくい。乾いた喉を潤したかったが、ティーカップの中はすでに空だった。視線を避けるように俯《うつむ》き黙ったままでいると、王太子はアデリエーヌの垂れた髪を一房手に取り細くしなやかな指に絡めた。薄い唇の端が持ち上がり柔らかな笑みを作る。

「貴女のことは血を分けた妹同然に思っている。辛いことがあったらいつでも私の所へおいで。私が貴女を守ってあげる」

＊

第三王子との関係は平行線のまま、短い夏が終わり、秋が過ぎた。

青い空に浮かぶ真っ白な雲を回廊からぼんやりと眺めていたアデリエーヌは、手首に触れたひんやりとした感触に我に返った。

「アデル、どうしたの？」

摑まれた手首からゆっくりと顔を上げ、微笑む。

「ルチア」

どこから駆けてきたのか、緑色の髪が乱れている。摑まれた手をするりと解いてルチアの柔らかな髪を摘まむ。

「髪跳ねてるわよ」

「あたしの髪の跳ねとかどうでもいいし！　風を遮るもののないこんなところで何してるのよ！」

「侍女長がここで待っているようにと」

「やだ、顔が真っ青じゃない。どのくらいここにいたの？　侍女と護衛はどこよ。待ってろってどういうことなの、なんで一人なの？　歩ける？　抱っこする？　体調はどう？　気持ち悪くない？　ああ、ほら手もこんなに冷たくなって……これ巻いて！」

脱いだマントをアデリエーヌの体に巻き付けながら息継ぎもせず話し続けるルチアの後頭部にクレッシドは手刀を食らわせた。

「落ち着け」

「これが落ち着いていられるかっつーのよっ。侍女長だかなんだか知らないけどあのクソ女、なんのつもりがあってこんなことを！」

「ルチア、やめろ。とにかく部屋に戻ろう。最近体調が良いからって油断してたら」

クレッシドは話の途中で言葉を切るとアデリエーヌの背後に目をやり、表情を変えた。見ればルチアもクレッシドと同じ顔をしている。警戒心と嫌悪を露わにした顔だ。二人の視線の先を辿《たど》って振り返ると、騎士団の制服を身に纏った女が立っていた。ルチアはさっとアデリエーヌの前に回り込み、華奢《きゃしゃ》な体を自分の背中に隠した。

「番様にご挨拶させていただいても？」

大人びた艶っぽい声に興味をそそられ、ルチアの肩越しに覗き見る。

竜族は様々な色を持って生まれる。肩で揃えられた波打つオレンジ色の髪。髪と同色の力強い印象を与える大きい目、弓なりの眉。同性の目から見てもとても美しい女だが、好意的ではなくどこか刺々《とげとげ》しい。

「誰が入れやがった」

クレッシドはアデリエーヌの二の腕を摑むと、自分の方に引き寄せた。二人のただならぬ様子に声を落として訊く。

「どなた？」

「ラディア・オル・ルドニー。ルドニー伯爵令嬢、殿下の側近の一人だ」

どこかで聞いたことのある名前だ。記憶を遡る。

（ああ、掃除使用人たちが話していた婚約者候補ね）

踝《くるぶし》まである漆黒のマントを風になびかせた女――第三王子の騎士団の衣装を纏っているルドニー伯爵令嬢を見やる。

「二人の上官？」

「違う。俺たちとは別物。一緒にされるのは迷惑だ」

冷たく吐き捨てる。二人の態度からすると、第三王子の美しい側近と良好な関係ではないのだろう。

「誰の許可を得たかは知らないけど、アデリエーヌ様は体調が優れないの。挨拶はまた今度にして」

腰に手を当て立ち塞がるルチアにルドニー伯爵令嬢は嘲りの笑みを浮かべた。

「ルチア、貴女いつから使用人の真似事《まねごと》をするようになったの？」

「……は？」

「今の貴女、騎士というよりは使用人よ。自分の姿、鏡で見てみたらどう？」

「あんたあたしに喧嘩売ってんの？」

ルチアの鋭い眼光にルドニー伯爵令嬢はふんっと鼻を鳴らした。

「事実を言ったまでよ。剣より箒の方がずっとお似合いだわ」

尊大で不躾な振る舞いに不快感を感じる。早く立ち去ってくれないかと思っていると、急に胸が苦しくなった。

吐き気に口元を押さえ、胃の内容物を全て吐き出してしまいそうだ。

「大丈夫か？」

自らの力で体を支えていられないアデリエーヌにルドニー伯爵令嬢は端麗な顔を歪ませた。

「他者の力を借りなければ瞬く間に寿命の尽きるこんな女が第三王子殿下の番だなんて……！」

剝き出しにされた敵意に怯む。本能が身の危険を察知していた。思わずクレッシドのシャツを摑む。

ルチアはアデリエーヌに殺気を放ちながら距離を縮めようとするルドニー伯爵令嬢の肩を押し、強制的に足を止めさせた。

「近づくんじゃないわよ」

頼みでもお願いでもなく、明確な命令だった。実家の爵位は同等だ。どちらが上ということはない。同格のルチアに命じられるとは思ってもいなかったルドニー伯爵令嬢は怒りに頰とこめかみの筋肉を痙攣《けいれん》させた。

「無礼な女ね」

「どっちが。あんたとんでもない勘違いからいつ目を覚ますの？」

「なんですって？」

「あんたがいくら殿下に擦り寄ったってね、番様が現れた時点であんたが王族の一員になれる可能性はなくなったの。ないのよ、まったくのなし！　なしなしなし！　みっともないからいい加減諦めたらどう？」

「わ、わたくしが王族になりたいが為に殿下に媚びを売っているとでも言いたいの⁉」

「他に何があるのよ。あんたのあさましい考えなんて殿下もお見通しよ」

「言わせておけば調子に乗って。痛い目に遭わないとわからないようね」

「なによ、あんたごときがあたしとやり合おうって？」

「この……！」

ルドニー伯爵令嬢がルチアの頬を打とうと手を振り上げた。ルチアにはそれを避ける気がなかった。むしろ彼女が先に手を出すことを待っていた。

しかしルチアの望みは叶《かな》えられなかった。

「なにをしているっ⁉」

振り上げたルドニー伯爵令嬢の腕を摑んだのは第三王子だった。

「で、殿下！」

「何事か。騒々しい」

厳しい口調で問うとルドニー伯爵令嬢は大きな目を涙で潤ませ、第三王子の腕に縋《すが》りついた。

「殿下、殿下……番様が酷《ひど》いのです。私が番様に挨拶をさせていただきたいとお願いをしましたのに、この二人を使って私を視界から排除なさろうとしたのです！　冷たくあしらうだけならまだしも力で従わせようとするなんて」

「はあ？　冗談じゃないわよ、あんたねえ！」

「ああ、ほら。このようにルチアに恫喝《どうかつ》させているのですよ！」

恐ろしい、と第三王子の腕にしがみつき後ろに隠れる。二人の諍《いさか》いは日常的なことなのか、第三王子は煩わしそうに息を吐いた。

「……ルチア、些末《さまつ》なことにいちいち怒鳴るのはやめろ」

「お言葉ですが大事なことでございますっ。この女はアデリエーヌ様に無礼を働いたのですよ！」

「落ち着け、話は個別に聞く。ラディア、なぜここにいる」

「王太子殿下が明日の貴族会議の件で確認事項がおありだそうで、殿下をお探しでしたわ」

「わかった。すぐ戻る、わざわざここに来るな。次からは伝達魔法を使え。お前には立ち入りの許可を出していない」

「どうしても番様にご挨拶したくて、王太子殿下にお願いしましたの」

アデリエーヌを横目で見て、挑発的な笑みを浮かべる。

（嫌な笑い方）

ルドニー伯爵令嬢の動きの全てが神経に障る。誰かにここまでの不快感を抱いたのは初めてだ。

「なんであんたなんかが、王太子殿下に……！」

「貴女とは違うのよ」

ルチアの悔しそうな様子に溜飲《りゅういん》が下がったのか、ルドニー伯爵令嬢は満足げに顎を突き出した。

「――怪我《けが》はないのだな？」

困惑しているアデリエーヌに第三王子が訊く。アデリエーヌの目はルドニー伯爵令嬢の手に釘付《くぎづ》けになっていた。第三王子の腕に触れる白く細い指。

（……触れている）

思考が囚《とら》われて、感情が上手く制御できない。普段通りの起伏のない口調に無性に苛立ちを感じる。返事をしないでいるとルドニー伯爵令嬢が科《しな》を作った。絡みつくような甘ったるい視線に、遠慮なしに触れる手に何も感じていないのだろうか。

ルチアはもの問いたげなアデリエーヌの視線に気づき、ルドニー伯爵令嬢の手首を摑んで第三王子から距離を取らせた。甲高い悲鳴を上げ、大げさに痛がる。

「うるさいぞ、ラディア」

「だって、殿下ぁ！」

「懲罰塔に入りたくなければ二人とも離れろ。これ以上の接近は禁じる。クレッシド」

「はい」

「部屋まで送ってやれ」

第三王子は短く命じると、ルチアとルドニー伯爵令嬢の二人を連れてその場から立ち去った。アデリエーヌはいつまでもそこから動けずにいた。自分には決して触れない手が目に焼き付いて離れなかった。

＊

昼間のことがあってその日の夕食はいつも以上に重苦しい雰囲気だった。美しく盛り付けられた肉も野菜も口に運ぶ気がしない。日中のことが尾を引いて、食欲がまるでなかった。

暗く沈んだ顔がさすがに気になったのか、第三王子が口を開いた。

「食事が進んでいないな」

指摘に視線を上げる。

「昼間のことか？」

訊かれてナイフとフォークの両方を皿に置く。

「あの令嬢からどのような説明を受けたかは存じませんが、ルチアはわたくしの体調を気遣って令嬢からの挨拶を断ってくれただけで、恫喝などしておりません」

「わかっている。ラディアが貴女に無礼を働いたと聞いたが、悪く思わないでやってくれ。アレは感情的になりやすいのだ」

「確かに些《いささ》か目に余る挑発的で不遜な態度でしたが、殿下への忠誠心ゆえのことでございましょう。気にしておりません」

慇懃無礼《いんぎんぶれい》なルドニー伯爵令嬢に不快感を抱きはしたが、あの程度のことは問題ではない。

「では何を愁えている」

アデリエーヌは第三王子の胸元に視線を移し、ため息を吐くように言った。

「殿下のお心がわからないからです」

予想外の返答に第三王子は思わずといった感じで目を見開いた。

「わたくしにとって殿下との婚姻は国王陛下に命じられた政略結婚です。この婚姻により母国は莫大《ばくだい》な支援とドラグランドという強力な後ろ盾を得ることとなります。殿下は番を、ドラグランドは王族の血を継ぐ子を得る可能性を手に入れられる――この契約を持ち掛けたのはドラグランド側であり、わたくし共からではございません。わたくしはこちらに迎えられた日より殿下と良い関係を築こうとわたくしなりに歩み寄る努力をしてまいりました。政略結婚でも心を通わせ合う夫婦になることはありますもの。長い生を二人で過ごすならいがみ合うより思い合う方がよろしいでしょう？」

「何が言いたい」

冷え冷えとした眼差しがアデリエーヌを射抜く。一瞬、怯みそうになった。

「殿下はわたくしと必要最低限の交流を持つ気も、信頼関係を構築する気もないように見受けられます」

問いかけに第三王子はテーブルに肘をつくと軽く握った拳に顎を当てた。

「こうして食事の時間を取っている」

アデリエーヌは第三王子の言葉に悲しげに眉を下げた。どう話をしたら胸の内にあるものを伝えられるのか。

「わたくしたちは同じテーブルで食事をしているだけです。食べ終わったらそれでおしまい。それで良好な関係を築けるとお思いですか？」

「問題ない」

「わたくしにはございます。こうして一緒にいても孤独を感じます。寂しくてたまりません」

そう訴えると第三王子はアデリエーヌから顔を逸《そ》らした。

「——話をすることが良好な関係に繋がると？　随分短絡的な発想だな」

「少なくとも互いを知れます。わたくしに興味がなく話を聞くことが苦痛なのでしたら、殿下がお話をしてください。好きなこと嫌いなこと、どんなことでも構いません」

「貴女が俺のことを知る必要はない」

ぴしゃりと言い切られ、奮い起こした勇気があっけなく萎《しぼ》む。アデリエーヌの下唇がわななく。

「……では…ではせめてわたくしの名を呼んでくださいませんか」

第三王子は片方の眉をぴくりと動かすとアデリエーヌの目を見つめた。

「ここでわたくしの名を呼ぶのは三人だけです。しかもそのうちの一人は伴侶となるはずの貴方様《あなたさま》ではなく義妹として気遣ってくださっている王太子殿下です。おかしなことだとは思いませんか？」

息が詰まる長い沈黙。第三王子は苦悩しているようにも、煩わしく感じているようにも見える。

かなりの時間が経《た》ってから、第三王子はおもむろに口を開いた。

「貴女の名を呼ぶつもりはない」

起伏のない淡々とした口調はアデリエーヌの心をえぐるのに十分な力を持っていた。

「兄上は貴女を気にかけてなどいない。いいか、今後一切兄上には近づくな」

話はこれで終わりだと断ち切られ、アデリエーヌは自分の心がスッと冷えたのを感じた。渇いた笑いが漏れる。言いたいことも聞きたいことも山ほどあったが、全てがどうでもよくなった。

（王太子殿下が親切なのはわたくしを気遣ってではなく哀れんでのことだなんて、誰に言われなくても知っているわ。だけど、ねぇ第三王子殿下。誰のせいで哀れまれていると思っているの？）

目の前にいる男を内心で嘲ると、アデリエーヌは「もう結構です」と言って席を立った。

これが二人が言葉を交わした最後だった。

＊

冷たい雨は朝から降っていた。分厚い濃い灰色の雲がどんよりと重く空を覆い隠している。

訪れる者のいない城はいつにも増して広く、もの悲しい。

図書塔へと続く長い回廊を一人歩いていたアデリエーヌは枕元にあった水差しのことを思い出し、こめかみを指先で押さえた。

喉の渇きに目を覚ましたのは明け方近くのことだった。水を飲もうと起き上がり枕元に用意された水差しに手を伸ばした。硝子製の水差しは空で、水を入れていた形跡はなかった。

侍女をはじめとした使用人たちが失念しただけなのか意図的な嫌がらせなのか判断のつけにくい手抜きをするようになったのは、第三王子が遠征に出てからだ。

第三王子と最後に話をしたのは、彼の側近であるルドニー伯爵令嬢とルチアが揉《も》めた日の夕食時だった。あれから数日後、第三王子を含む紅蓮の騎士団はウィスプ地区の魔獣討伐に出た。一人も欠けることなく帰城したのは九日前のことだ。第三王子はアデリエーヌが出迎えの列に加わることを許可せず、祝賀会にも参加させなかった。

第三王子が自分に対する義務を放棄したことに気づいたのは、彼の食事が小食堂に用意されなくなったことからだ。

回廊の途中で立ち止まり、雨に打たれる葉に目をやる。

（わたくしが人族でなかったらここまで嫌われることもなかったの？）

遠くで雷が鳴って空が明るく光った。強くなりはじめた雨が回廊を濡《ぬ》らす。スカートを摘まみ小走りで建物内に入ると、どこからか男たちの激しく言い争う声が聞こえた。結界の張られたアデリエーヌの居住区に足を踏み入れられる者は限られている。使用人の誰かなら仲裁に入らなければいけないと声のする方へ近づいた。

「俺は番など欲したことはありません！」

怒気を孕《はら》んだ声に心臓が大きく跳ねて、アデリエーヌは咄嗟に大きな柱の陰に身を潜めた。くぐもった声はよく知る声だった。

（第三王子殿下と……王太子殿下？）

「お前は番を得なければならない。わかっているだろう？」

二人の声は切れ切れで所々聞き取れないが内容はなんであれ王族同士の会話を盗み聞きするような真似をしたことが露見すれば、母国に悪い影響があるかもしれない。

（気づかれる前に立ち去らなければ）

こっそり離れようとスカートを摘まんで靴の踵《かかと》を浮かせる。

「父上が私たちの名を取り上げた際、おっしゃったことを忘れたわけではあるまい。名を取り戻すには番の心からの愛と許しが必要だ。私にはその機会は決して訪れないが、お前にはアデリエーヌがいるではないか」

「名の為に番《つが》わなくてはいけないのであれば、俺は一生このままでいい」

「子供じみたことを言うな」

第三王子の憐憫《れんびん》を滲ませた優しい声が立ち去ろうとしたアデリエーヌの足を止めた。

「兄上、俺は昔からそう申し上げていたはずです。これまでもこれからも気持ちは決して変わりません」

足音がして二人の声が遠くなる。アデリエーヌは全ての神経を両方の耳に集中させた。

靴の踵が床を叩く音に交じって言い争う声がする。どちらかが相手と距離を取ろうと手で胸を押したのか、鈍い音が二度した。

「ああ、そうですよ！　目障りで、いっそ殺してしまいたいくらいだ！」

第三王子の悲鳴に似た言葉にアデリエーヌは強いショックを受けた。雷に打たれたような衝撃に心臓が不規則な動きをする。

それ以上聞いていられず、アデリエーヌは力の入らない足を叱咤《しった》して駆け出した。大地を打つ雨の音も天を裂く雷鳴も気にならない。とにかくここから逃げたいと一心不乱に走った。

強い痛みが頭に走って、柱に手をつきもたれかかった。目の前が歪み、体から徐々に力が抜けていく。脈を打つ度に強くなる痛みに顔を顰《しか》め、奥歯を噛む。痛みと気持ち悪さが込み上げてきて、立っていることもままならない。柱を頼りにズルズルとしゃがみ込み、冷たい石の床に膝をついた。ぐらぐらと揺れる視界。両手で頭を抱えているうちに雨の音が遠ざかっていった。

＊

激しい喉の渇きに目を覚ましたアデリエーヌは、寝台に横たわっていたことにすぐには気がつかなかった。鉛を括りつけられたように全身が重く、頭を動かすことさえままならない。わずかに開いたカーテンから差し込む月明かりは頼りなく、物の輪郭を描いている程度だ。

乾燥して張り付いた唇を開け、声を出そうと試みる。声が出ない。諦めて目を閉じると、近くに人の気配を感じた。わずかばかり恐怖を感じたが、寝ずの番をしている侍女の存在を思い出した。侍女の大半は侍女長の影響でアデリエーヌを見下し蔑ろにしていたが、露見して追及された時の為に仕事はそれなりにしていた。

人族にとってはあってないような灯《あか》りでも竜族には違う。ほんのわずかな月明かりがあれば読書をすることも可能だ。

アデリエーヌが目覚めたことに気がついたのかもしれない。

敷寝具の動きで腕の真横に手をついたのがわかった。眠っていることを確認しているのか、頰の近くに手をかざしている。

震える指先が額に張り付いた前髪を左右にわける。指先の動きは慎重だった。額に触れないよう細心の注意を払っている。

薄く目を開けると薄闇の中に誰かいた。ぼんやりと浮かぶシルエット。焦点がなかなか合わず、男なのか女なのかも見分けがつかない。頭が激しく痛んで、目を開けているのも辛い。痛みに耐えきれず瞼《まぶた》を落とすと優しい声が聞こえた。男の声だ。意識が徐々に遠くなる。眠りたくないと抵抗したが、抗《あらが》い続けることは不可能だった。

完全に意識を取り戻したのは倒れてから二日後だった。最初に目にしたのは天蓋の支柱だった。天蓋から垂れ下がったカーテンが眩《まぶ》しい陽光を遮っている。

二度ほど瞬《まばた》きをしたところで、左手が温かいことに気がついた。凝り固まった首と肩をなんとか動かし、窓とは反対側に顔を向ける。

「……殿下？」

「ああ、私だ」

呼びかけに答えたのは第三王子ではなく王太子だった。彼は素手でアデリエーヌの手を握り、彼女の様子を窺《うかが》っていた。顔から不安の色が消えて慈愛に満ちた柔らかな表情に変化する。誰もが見惚《みと》れてしまうその端正な顔に、アデリエーヌは喜びではなく失望を感じた。彼女はあからさまに落胆していた。

考えてみればおかしな話だ。アデリエーヌの寝室を第三王子が訪れたことは一度もない。体調を崩し寝込むアデリエーヌに見舞いの品を贈ることはあっても、寝台の傍らで回復を祈ることなど決してなかった。

なのにどういうわけか、彼がずっと傍にいた気がする。

アデリエーヌは片方の肘をつくと、反対の肩を寝台から浮かせた。

王太子は起き上がろうとする体を片手で押し戻し優しい声で言った。

「無理に起き上がろうとしなくてよい。なかなか目を覚まさないから随分心配したよ。二日前の雨の日に回廊で倒れたのだ、覚えているかい？」

回廊にいたことをすぐには思い出せなかった。誰かの話し声を聞いた。言い争っていた。ただの喧嘩ではなかった。明確ではないが、それは自分に関することで聞きたくないことだった。

（頭が重い）

頭を左右に振り額に手を当てる。頭の中に靄《もや》がかかっていて、ぼんやりとしている。あれは誰の声だったのか、と考えて思い出した。言い争いをしていたのは王太子と第三王子で、内容は——アデリエーヌは遠くを見つめた。

平静を装う為に深く息を吸う。

「傍にいてくださったのですか？」

かすれた声で訊く。

「たまたま時間が空いていたからね」

多忙を極める王太子に空き時間などあるはずがない。見舞いの時間を捻出するのは容易《たやす》いことではなかったはずだ。

申し訳なく思いながら爽やかな香りに目だけを動かす。枕元の花瓶には白と薄紫色の花が活けられていた。侍女たちが好むのはその場を明るくする派手な大輪の花だ。

（どうしてイラリアの花が）

選ばれるはずのない花に思わず手を伸ばした。

「ん？　ああ、これか。私が貴女にと用意させたものだよ。貴女の気分が晴れるようなものをと伝えたはずが、ここの侍女は少々美的感覚が違うようだね。すぐに別のものに変えさせよう」

両手をついて起き上がり、花瓶に体を近づける。イラリアの花を選んだのはロドンの庭園に付き従った侍女だろうか。

「どうぞこのままで」

「いいや、いけないよ」

花に触れかけた手を王太子が摑む。命じた通りになっていなかった為か、王太子は腹を立てているように見えた。微笑《ほほえ》んでいるが目の奥には怒りがあった。

「こんなものは貴女に相応しくない」

触れられた部分が痛いほど冷たい。骨の中央から凍り付きそうだ。気遣いを感謝し、礼を言うとそれで満足したのか王太子はアデリエーヌから手を離した。

「あの、第三王子殿下は……？」

「貴女が倒れたと聞いた時から様子を見に行くよう話したのだが、山積している政務を片付けるのが優先だと聞かなくてね」

「そう……ですか」

枕元に用意されていた肩掛けを羽織る。

「すまない」

「わたくしが体調を崩すのは今に始まったことではありません。倒れる度に第三王子殿下のお手を煩わせるわけにはいきませんし、王族としてわたくしよりも優先するものがあるのは当然のことです」

「見舞いのことではない」

王太子は心配そうに目を細めると腕を伸ばし、手の甲でアデリエーヌの青白い頬に触れた。

「聞いてしまったのだろう？」

返事に困って目を逸らす。

伯爵家の一人娘として生まれ育った自分の世界はいつだって甘く、優しかった。これまで悪意に晒《さら》されず生きてきた。生物の頂点に立つ竜族が差別的な人種であることは嫌というほど知ったが、想像していた以上だった。

「悪かった。いくら頭に血が上っていたからといってあんな所でする話ではなかった」

「謝罪などおやめください。わたくしが立ち聞きなど品のないことを」

片方の目からぽろりと涙の粒が零《こぼ》れ落《お》ちた。嫌われていることが辛いのではない。殺したいと言われたことが悲しいのではない。この先、悪意の渦巻く世界で生きなくてはいけないという現実がひどく恐ろしかった。

王太子はアデリエーヌの目尻を指先で拭った。

「勘違いしないでくれ、貴女のことを話していたわけではないよ。弟が嫌っているのは貴女ではなく私のことだ」

子供でさえも騙《だま》されそうにない嘘に新しい涙が溢《あふ》れると、王太子の手のひらが頬を包んだ。

「貴女の悲しみは私のせいなのだ。怒りも悲しみも全て私にぶつけてくれてよい」

王太子の手が頬から動いてこめかみに移動し、親指の腹がわずかにくぼんだ部分をなぞる。王太子は瞬きもせずにアデリエーヌを見つめていた。青い瞳は吸い込まれそうなほど美しかった。

＊

終わりの日は刻一刻と近づいていた。

「今後一切、第三王子殿下の許可なく外に出ることは禁じます」

顎を上げツンと澄ました侍女長は一枚の羊皮紙をアデリエーヌに突きつけた。

「遠からず、こうなるだろうと思っておりました」

受け取った羊皮紙に目を通す。書かれていたのは体調不良を理由に部屋から出ることを禁ずるといったものだった。

（どういうこと……何の権利があってわたくしにこんなことを）

怒りの感情が全身から溢れ出てアデリエーヌを支配した。腹の底に溜まった不快感を吐き出さなければ倒れてしまいそうだった。

「お待ちなさい！　これでは監禁ではないの、こんなこと許されないわ！」

侍女長の顔の歪みが酷くなる。

「おかしなことをおっしゃいますこと。貴女様の許しなど必要ございません。不満があるのでしたらいつものように王太子殿下にお縋りなさいませ」

侍女長の言葉に後ろに控えていた侍女たちが口元に手を当てクスクスと笑う。

「わたくしが……なんですって？」

「取り入るのがお上手な番様のこと、造作もないことでしょう？」

怒りに震えるアデリエーヌに対し侍女長は軽蔑の眼差しを向けると、侍女たちを連れて部屋から立ち去った。羊皮紙が音を立てずに床に落ちる。

（わたくしが嫌なら国に帰して。お父様とお母様のもとに、アッシュ兄様の所にわたくしを帰してよ）

感情を押し殺して微笑みを張り付けておくことなどもう無理だった。

（帰りたい、帰りたい……！　こんな毎日が一生続くと思うと頭がおかしくなってしまいそう――…！）

止《とど》めの一撃を食らったせいで自制心は崩壊していた。汚い言葉を喚《わめ》き散《ち》らし怒りと悲しみを発散させたかった。アデリエーヌはその場に座り込むと両手に握った拳で床を叩いた。

自分の不幸の原因は第三王子だ、彼のせいでこんなに苦しくて辛い。

小さな体を丸め、床に突っ伏す。

「アデル？」

どのくらいの時間が経ってからか、ふいに声をかけられた。床に伏せていた上半身を起こし、声のした方に顔を向ける。そこにいたのは領地に戻ったはずのクレッシドだった。

彼はアデリエーヌのただならぬ様子に案内係の侍女を廊下に出すと、彼女の真横に立ってその細い二の腕を摑んだ。

「どうした、何があった？」

腕を引かれよろよろと立ち上がったアデリエーヌは悲痛な声で言った。

「――部屋から出ることを禁じられたわ」

「ああ、聞いた。小耳に挟んだが、並びの部屋をいくつか壊して温室にする計画があるんだってな」

アデリエーヌの顔から血の気が引く。

「どうしよう、あの人本気でわたくしを外に出さないつもりだわ。クレッシド、お願いだから取り消すように言って！」

「落ち着けよ。王族の命令は絶対だ。黙って従うほかない」

「そんな！」

詰め寄るとクレッシドはアデリエーヌの両肩に手を置いた。

「不満はあるだろうがこの命令はきっとアデルの為のものだ」

「わたくしの為？　あの人はわたくしを死ぬまでここに閉じ込めるつもりなのよ！」

「第三王子殿下はアデルの番なんだぞ、そんなことをするわけない。第三王子殿下のされることには必ず理由が存在する。大丈夫だ、きっと何ヶ月かのことだよ」

クレッシドの手を両手で押しのけ、一歩分後ろに下がる。

第三王子が擁護されるとは思ってもいなかった。アデリエーヌは青白い顔でクレッシドの顔をまじまじと見た。

「今まで何を見てきたの？　わたくしがどれだけ惨めな思いをさせられてきたか、クレッシドが一番わかっているじゃない！　わたくしの為だとか、理由があるとか、そんなもの全部クレッシドの推測でしょ、どこに証拠があるの。仮に、仮にもしあるのだとしたらわたしくしくには事前に説明するべきだわ」

「王族に説明義務なんてない。最初のうちは多少不便を感じるかもしれねぇけど、そのうち慣れるさ」

押し黙ったアデリエーヌは俯き、自分の足元を見た。

抵抗しようとも命令が撤回されることがないことはわかっている。我を通して母国を危険に晒せば、一生後悔することになる。結局は大人しい犬のように頭を下げて従うしかないのだ。

ただ気持ちが追いつかない。誰かにこの辛い気持ちを共感してもらいたい。

「そんなことよりさ、アデルに渡したいものがあるんだ」

言うとクレッシドはマントの下に隠していた筒状に丸めた羊皮紙を二枚、アデリエーヌに手渡した。アデリエーヌは彼の失言を聞き逃さなかった。

「……そんなこと」

ゆっくりと顔を上げる。

「え？」

「そんなことと言ったの？」

無感情な口調にクレッシドは「失敗した」という顔をした。

「……悪い、今のは失言だ」

謝罪の言葉が耳を滑る。

自分にはこれからの生活を左右する大問題がクレッシドにとっては些細《ささい》なことであることにアデリエーヌは強いショックを受けた。

クレッシドに初めて種族の壁を感じた。過ごした時間はそう長くはないが、心は近くにあって繋がっていると信じていた。

今は彼をとても遠くに感じる。

「まぁ、とにかくそれ見てくれって。アデルが絶対喜ぶやつだから！　手に入れるの結構苦労したんだぜ。あ、こういうこと言うとまたルチアに余計なこと言うなってどやされるな」

緑色の目をキラキラと輝かせながら人差し指で羊皮紙を指差す。気分が高揚しているのか踵を上げたり下げたりさせ、落ち着きがない。クレッシドの無邪気な言動に苛立ちを覚えたのはこれが初めてだった。

「いらないわ」

自分でも信じられないほど冷たい声が出た。

「いやいや、これは見たら絶対気に入るから」

クレッシドはしきりに開いて見てみろと言う。その無神経さが神経に障った。不快感に支配され、心は棘だらけになっていた。攻撃的な気分だった。自分が傷つけられたのと同じだけの傷をクレッシドにもつけたかった。

羊皮紙をテーブルに置く。

「ご機嫌取りのつもりなの？」

「勘ぐるなよ、ただの贈り物だ。アデルも俺たちを喜ばせる為に茶を入れてくれるだろ。それと同じだ。他の意図はないよ」

「ただの自己満足でしょう？　こんなの少しも嬉《うれ》しくない」

アデリエーヌの頑なな態度にクレッシドは肩をすくめると、気だるげに首の後ろに手を当てた。

「せめて見てから言ってくれ」

どちらとも折れず、どちらとも引かなかった。話をする気力が急激に失われ、目の前にいられることさえ煩わしくなる。

正面に立つクレッシドから顔を背ける。

「……出ていって。一人にして」

「……アデル」

退室を促すとクレッシドは「領地から戻ったらまた会いに来るよ」と言って帰って行った。

第三王子の命令はアデリエーヌの生活を一変させた。

＊

ソファの背もたれに体を預け、夢と現《うつつ》の間を行き来していたアデリエーヌはカートを押す侍女の足音に重い瞼を持ち上げた。

「番様、お待たせいたしました」

すっかり聞きなれた侍女の声に微かに頷く。

「お茶の用意が整いました」

当初、常用している健康茶は間違いなく効果があった。少女らしい肉付きになり血色もよくなった。散歩をする足取りも軽く時には小走りをして侍女たちを驚かせたりもした。

それが遠い昔のように感じる。

抑圧された生活はアデリエーヌの体調を入国時よりも悪化させた。食欲が落ち、ひどく痩せた。骨が浮き上がった細い首。薄桃色だった頬は透けるように白く、青い血管が透けて見える。

胸の圧迫感と激しい頭痛に悩まされる日々。意識を保っているのがやっとの生活にアデリエーヌは疲れ切っていた。

「外はよい天気ですよ。風も吹いておりませんし、少し窓をお開けしましょうか？」

重苦しい空気を払拭しようと明るい声を出す。

あの日を境に侍女長たちも変わった。侍女長は姿を見せなくなり、側付《そばづき》の護衛もいなくなった。アデリエーヌに残されたのはこの侍女一人だった。

「番様の側付には未熟者がちょうどよいでしょう」

侍女長はそう言って薄ら笑った。

侍女長の監視の目がなくなってから、この侍女はアデリエーヌによく話しかけるようになった。天気や流行りの本の話など当たり障りのない内容だが、彼女の明るさには救われるものがあった。

侍女の提案に弱々しく首を振る。

「日の光は体を丈夫にします。一日数分でも日光浴をなさってくださいね」

アデリエーヌより少し背の高い侍女は笑顔でテーブルにティーカップを置いた。完全な人化はできないらしく、腕と頬の一部は青みがかった鱗が剝き出しになっている。揺れるスカートに視線を落とせば、踝まであるスカートの裾からトカゲのものに似た尻尾が飛び出していた。右に左にリズミカルに揺れている。

「飲み物はいらないから下がっていいわ」

「いいえ、いけません。朝からまだ何もお口にされていないではありませんか。今日のお茶は凄いのですよ。なかなか手に入らない希少な茶葉を混ぜた特別製だそうです。飲んだらきっとすぐに楽になりますよ！」

柔らかな口調だが、侍女は頑として引かない。渋々受け取ったティーカップは熱過ぎず、ちょうどいい温度だった。

飲みやすい、そう思ったのは最初だけだった。喉から舌先に痺れるような苦味と、えぐみを感じる。

(気のせいかしら、いつもよりも後味が悪い)

半分ほどを喉に流しソーサーにカップを戻す。

クレッシドとルチアがよく座っていた椅子に目をやってから、膝に広げた羊皮紙を指でなぞる。

あの日、クレッシドが持ってきた二枚の羊皮紙には母国で暮らしていた生家とカードゲームを楽しむ家族の姿が描かれていた。

楕円形《だえんけい》のテーブルでカードゲームに興じる二人の兄。息子たちを優しい眼差しで見守る両親。小さな籠の中で黒い体を丸めて眠る愛犬。

二度と会えない家族の姿に、アデリエーヌは声を殺して泣いた。クレッシドは母国を懐かしむ術《すべ》のない彼女を慰めようと苦労して手に入れてくれたに違いなかった。

クレッシドの善意を踏《ふ》み躙《にじ》った自分をアデリエーヌは憎らしいと思った。

激しく後悔し非礼を詫《わ》びる手紙を送ったが全て未開封の状態で戻された。花も、彼が好んで食べていた菓子もなにもかも、受け取られることはなかった。

戻された手紙や菓子を暖炉の炎で焼くことがアデリエーヌの日課になった。

(また三人で笑い合いたい)

クレッシドとの関係を諦め切れず、アデリエーヌはルチアにとりなしを頼めないかという内容の手紙を書いた。何通も何通も書いた。

だがどれだけ手紙を送っても侍女を使いに出してもルチアからの返事はなかった。クレッシドから話を聞いたルチアが自分から離れることにしたのだと気づくのにそう時間はかからなかった。

人間関係は築くよりも壊す方がずっと簡単だ。

自業自得のこととはいえ二人からの拒絶は精神的にこたえた。自分の愚かさが恨めしかった。

残った茶を飲み干し、再び羊皮紙を見る。どうしたことか、目がかすんで焦点を合わせられない。目を閉じて手の甲で瞼を擦《こす》る。瞬きを繰り返すと視界はいくらか良好になったが、羊皮紙の輪郭が二重にも三重にも見えた。

「番様……あの、差し出がましいようですが侍医の方をお呼びしましょうか?」

「いいえ、大丈夫よ」

「しかし……なんだかお顔の色が」

侍女の言葉に額に手を当てる。熱はない。風邪でなければただの体調不良だろう。こんなことでいちいち侍医を呼んでいたら侍女長は嬉々《きき》として嫌味を言いに来る。そんなのはお断りだ。

「平気よ」

額に手を当てたまま背もたれに寄り掛かると羊皮紙が膝から落ちた。

「あ、私がお拾いします」

侍女はテーブルの下に滑り込んだ羊皮紙を拾い上げ、アデリエーヌへ差し出した。礼を言うと侍女は嬉しそうな笑みを浮かべ、尻尾を左右に振りながら部屋から出て行った。

一人になって数分後、アデリエーヌは息苦しさを覚え片方の手で喉元を押さえた。

口内から食道までが焼けるように熱い。

(なに?)

不快感を消そうと喉を鳴らす。

気道が狭くなっている、息が上手く吸えない。喉元を両手で掻《か》き、天井を見上げる。

アデリエーヌは激しく咳《せ》き込んだ。咳《せき》をする度に肺がギリギリと痛む。手置きに肘で寄り掛かり左胸を強く掴む。体が重い。腕を動かすのも苦労した。

体の不快感を遠ざけようと痛みを我慢しながら呼吸をしたが、ちっとも楽にならない。心臓が異常な動きをしていた。血液の流れがおかしい。

(だ、誰か……!)

助けを呼ぼうとするも声は出ず、体を前後に動かしながら激しく咳き込む。いつもとは違う、体がおかしい。

視界にティーカップが入った。

舌先の痺れる感覚。甘さで誤魔化している苦味。希少な茶葉。

「すぐに楽になります」

侍女はそう言ってはいなかったか。

壁がぐにゃりと歪み世界が反転する。ソファから転げ落ちたアデリエーヌは残りの力を振り絞り、どうにか片肘で上半身を起こした。床を這《は》い扉へと向かう。すでに両足の感覚はない。息が切れ額に汗の粒が浮かんだ。

あと少し、というところでこれまで感じたことのない痛みが心臓を貫いた。アデリエーヌは激しく身を捩《よじ》った。口を押さえた手の間から生ぬるいものが滴り落ちる。白い大理石の床に鮮血が模様を描いた。

顔を上げ壁に飾られた第三王子の肖像画を見る。アデリエーヌはひきつった笑みを浮かべた。

嘘だと思いたかった。否定したかった。だが、あるのは明確な答えだけだ。

（貴方なのね）

涙で視界が歪む。

支えを失った体はぐらりと揺れて横に倒れた。目の前がチカチカと点滅して、暗くなったり明るくなったりする。動きの鈍くなった喉がヒューヒューと風を切るような音を立てている。早鐘を打っていた心臓が徐々に遅く、脈が途切れ途切れになる。

瞼を開けておくことも辛くなり、目を閉じた。世界からは音が消え、恐ろしいほどの静寂に支配される。

遠くなった意識は二度と戻らなかった。

## ◇蘇った前世◇

バルデガッサ王国南東、ガルダイル。

受け取ったばかりの封筒から弾かれるように手を離したアデリエーヌ・ファーレは痺れる手を組んで、一歩後ずさりをした。

樫《かし》の木の古い板張りの床に落ちた封筒をじっと見つめる。

(な、に……今のあれ、は)

赤い封蠟《ふうろう》の印章に触れた瞬間、あるはずのない記憶が頭の中に一気に流れ込んだ。目にしたこともない城、知らない人々。高い天井、大きな窓、白い床。白……違う、あれは赤。真っ赤な血の色。

体は熱く、床は冷たくて。

「アデル？」

硬直しているアデリエーヌに郵便配達員のラレンが怪訝《けげん》そうに声をかけた。体がびくりと震えて、恐怖に顔が歪む。

「どうした」

「い、いま」

（舌に残っている苦味……お茶を飲んだら苦しくなって、それで）

痺れる手を恐る恐る開く。血に染まっていない、汚れのない綺麗《きれい》な手だ。不規則になった心臓の鼓動。頭の側面で血管が脈打っているのを感じる。

「なんだよ、おい。見たこともない立派な封筒に緊張でもしたかぁ？」

配達用の斜め掛けの革バッグを後ろに回し、ラレンが膝を折って封筒を拾い上げる。指先のない手袋の甲で軽く払い、アデリエーヌに差し出す。アデリエーヌは目元を隠すほど深く被っていた三角巾をわずかに上げた。

「本当の本当にわたし宛て？」

受け取りたくない、言葉が出掛かって止まる。

「グレブリュールのパイ屋のアデリエーヌ・ファーレ宛て。あんたの他に誰がいるってんだ」

ガルダイルで生まれ育ち、近所の住人はほぼ顔見知り。グレブリュール地区でパイを売っているのは三店舗だけ。自分以外でアデリエーヌ・ファーレという名を聞いたことはない。同姓同名の可能性は極めて低い。

「……受け取り拒否、は」

「はあ？」

頓狂なことを言うアデリエーヌにラレンはそばかすだらけの鼻にシワを寄せた。明るいオレンジ色の髪からニンジンのあだ名で呼ばれるラレンは三歳年下で、今年郵便配達員になったばかりの新人だ。手紙の受け取りを拒否されたことがないのか、困惑を露わにしている。

「うちの局長に絶対の絶対に本人に渡せって命令されてっから、変なこと言われんの困るんだけど」

「だよね、ごめん」

「ほら」

同じことがまた起こるのではないかと身構えながら、差し出された封筒に恐々《こわごわ》手を伸ばす。

一秒、二秒、三秒。何も起こらない。緊張感を持ったまま差出人の名前の書かれていない封筒を目の前にかざし、ひっくり返す。鮮やかな赤色の封蠟。

（竜の紋様）

竜族は最古の一族だ。

神話の時代より存在した尊き種族。人化を解くことは滅多にないが、竜体となれば大きな街でさえ二日もかからず瓦礫《がれき》の山にする力を持っている。彼らの中には人族からはとうの昔に失われた魔力を保持している者がおり、その能力はエルフや精霊を上回ると言われている。

地上から遠く離れた空に浮かぶ島で暮らす竜族の逆鱗《げきりん》に触れ消滅した小国は数知れない。

ラレンは通りの方を気にしてから開けっ放しにしていた青い戸を後ろ手に素早く閉めた。背の高い椅子が四つ並んだカウンター。暖炉前にある四人掛けのテーブル二つと、八脚の椅子。焼き上げたパイを並べておく棚が二つあるだけの小さな店に買い物客の姿はない。

「なぁなぁなぁ。これってさー、噂のあれじゃん」

「うん」

アデリエーヌも商売柄、噂は多く耳にする。

最新の噂で民が盛り上がっているのはドラグランドの第三王子の番話だ。二百五十年前に番の少女を病で亡くした哀れな王子様の番がどこかの国に生まれ変わっていると、宮廷占術師が断言したのは数百日前のことだ。

王国は占術師の出した条件にあてはまる女性を魔塔に属する十二人の魔導士を使って徹底的に探した。膨大な魔力と時間をかけて探し回った結果、条件を満たした女性は世界中で五十人発見された。

候補とされた女性は自らが選ばれる可能性に興奮し、候補を身内に持つ者は与えられるかもしれない恩恵を大いに期待した。

ドラグランドの竜王は哀れで孤独な三番目の息子の為に、番の可能性のある五十人を招待すべく晩餐《ばんさん》会の開催を決めた――。

それがアデリエーヌが知っている全てだった。地上に流れた噂など微々たるもので、どこまでが根拠のない噂でどこから真実かは定かではない。唯一わかっていることは、世界にたった五十枚の招待状のうちの一つが今、手元にあるということだけだ。

「偉い人が直接手渡しするもんだとばかり思ってたのにさぁ、まさかの俺。この俺様。招待状を配達しろって言われた時は目玉飛び出たよ。だってよぉ、あの有名な物語の主人公だぞ、王子様だぞ！」

「ラレンでも本を読むのね」

動揺を隠し軽口を叩く。

「馬鹿にすんな、本くらい読むっつーの！　とは言っても、難しいのは無理だから簡単なのだけな。番迎えの儀前に病死した番の墓に花を供え続けた王子様が、番が生まれ変わるのを待ってるって最後は泣けたよ！」

ドラグランドの第三王子様の話を知らない者はいない。病弱な番を亡くした彼の悲恋は童話になり、小説になり、随分と昔には舞台にもなって人々の同情を誘った。アデリエーヌが第三王子と人間の令嬢の悲恋話を題材にした本を読んだのは、まだ両親が生きていた頃だ。物語の中で二人は深く愛し合う恋人同士で、まさに運命の番だった。読み終えるまでに数日を要したその本は物置部屋の奥深くに仕舞ったきりになっている。

「そうだ、招待状は護符の役割もするから肌身離さず持っておけってさ」

「うん」

「これアデル以外は開封できないんだぜ。なー、魔法ってすげぇよな。なぁ、ちょろっと開けてみてくんねぇ？」

ねだられて封に指を引っ掛ける。

（それは死の招待状よ）

耳元でした冷ややかな声に思わず息を飲み、目だけで辺りを見回した。窓硝子に映る自分の姿に釘付けになる。

口元を血で汚した少女が悲しげに佇《たたず》んでいる。

（逃げて。また殺されるわ）

再び聞こえた声に全身が冷えて指先が微かに震えた。

「や、やめとく」

「えーっ！」

非難の声が大きく響く。

「他の人に見せていいかもわからないし。ごめん」

「……まあ、だよな。見せろとは言わないからさ、なんか面白いことが書いてあったら教えてくれよな！」

「うん」

「竜族の番に選ばれたら贅沢《ぜいたく》し放題だな。空に浮かんでるあの島に行くんだろ!?」

「どうかな、たぶんそうかもね」

アデリエーヌの声はうわずっていた。

第三王子の城は朝も夕も美しかった。特に月の輝く夜は城全体が闇夜に浮かび、幻想的だった。絵心のある者なら一度は描いてみたいと思うだろう素晴らしい造りをしていたが、前世の自分にとってあの城は牢獄《ろうごく》と同じだった。

「晩餐会かぁ。宝石で飾った派手なドレス着て、美味《うま》いもんたらふく食うんだろ。羨ましいったらないぜ。行き遅れババアにはまたとない好機だな！」

ケラケラと笑いながら悪態をつくラレンに蹴る振りをすると、ラレンは舌をめいっぱいに伸ばして店を飛び出した。

疲労感にどっと襲われる。営業を続ける気になれず、閉店の札をかけて鍵を閉めた。

一人になると緊張の糸が切れて崩れるようにその場に座り込む。紺色のスカートが床に弧を描く。

震える手で招待状を開ける。まず目に入ったのはアデリエーヌの名前だった。

（バルデガッサ王国、アデリエーヌ・ファーレ……）

名前の下には晩餐会の日時が書かれていた。

「お迎えに上がります」

呟《つぶや》くように最後の一文を読んで招待状を封筒に戻す。息苦しさに小刻みに呼吸をしながら胸に手を当てると、頭の中に様々な映像が浮かんだ。

緑の髪の二人の友人、多くの蔑みの眼差し、無口な使用人たち。美しく優しい王太子。

最後の最後まで一度も名を呼ばなかった冷淡な男。

（……あれは記憶だ。生まれ変わる前の、前世の記憶）

喉の奥から声にならない声が出る。

泣き声に似た呻《うめ》き声が自分のものだとはすぐにはわからなかった。水底《みなぞこ》から恐怖と苦痛がわき上がり、アデリエーヌは手足を必死に動かして暖炉へと向かった。小さな煉瓦造りの暖炉では薪《まき》が燃えて、隙間風で炎が揺れていた。

炎に当たっているというのに体はちっとも温まらない。自分で自分の体を抱いて腕を上下に擦る。寒気はいっこうに治まらない。

赤い炎の向こう側に漆黒を纏う姿が浮かぶ。感情のない黒曜石の瞳がアデリエーヌを射抜く。茶葉に毒を混ぜ自らの番を殺した男が新しい番を待っている。

（同じ名前、同じ容姿。滑稽なくらいなにもかも同じ）

再会すればどうなるか、想像するまでもない。

（人族だと知られたらきっとまた殺される）

新しい涙がぼろぼろと零れて床を濡らした。

火かき棒を掴んで薪を乱暴に突く。空気を含んだ炎が大きくなった。封筒を乱暴に掴み、躊躇《ちゅうちょ》なく暖炉に放り込む。

「どんなことをしたって逃げ切ってやる……今度は絶対に殺されたりしない」

炎の真ん中に落ちた封筒は、丸一日燃えずにそこにあった。

＊

アデリエーヌが行動に移したのは翌日早朝、日が昇ってすぐのことだった。燃えずに残った招待状と全財産、前日の残りのパンを斜め掛けの布バッグに入れ、偽装用に蔓《つる》で編んだ籠を持って家を出た。

記憶が蘇ってから考え続けていた。招待状を受け取ったのが自分だということをバルデガッサ王は把握している。保護を理由に彼らが接触してくるかもしれない。

（保護なんてされたら逃げられなくなる）

突飛な行動は自らの首を絞めることになるかもしれないが、殺されるのを大人しく待ってはいられなかった。

（とりあえず壁の外に出て、晩餐会が終わるまでどこか別の街で身を潜めて……細かいことはそれから考えよう）

短絡的な考えだったが他には何も浮かばなかった。

（馬車を乗り継げば晩餐会の日までにはかなり遠くまで移動できるはず。全財産を使い切ってでも、逃げ続けるしかない）

ガルダイルはルガレス第二王子の城を中心とした巨大な城郭都市だ。

三本の大きな川が無数に枝分かれになっており、大小二百を超える橋がある。赤瓦屋根の家と木々の緑、整備された石畳の道路。一定の幅で設置されたオイル式の街灯のおかげで大通りは夜でも明るい。

長距離移動用の乗合馬車を扱う店は、グレブリュール地区にある城門を出て跳ね橋を渡ったすぐの所にある。跳ね橋を渡る為の通行料を手に城門に向かったアデリエーヌは長く続く人の列に目を丸くした。

（え、なんなのこれ）

四つの長い列にはそれぞれ人が並んでおり、一列五十人以上はいた。初めて見る光景だ。何があったのかと一番端の列の最後尾に並ぶ中年の男に声をかける。

「んあ？ああ、こりゃ登録待ちの列だよ」

「登録待ち……って、外に出るのに登録が必要になったってことですか？」

「そうだよ、明け方急に王都から使者が来てな。竜族の王子の番候補に招待状が送られただろ。門番たちの話ではどうもよその国で番候補を使って金儲《かねもう》けしようって悪だくみをしたのがいたみたいでなぁ、出入りするのに荷物検査と魔法盤への登録が義務付けられたんだと。まったくなぁ、とんだとばっちりだよ。こっちは急いでるってのにまいっちまうぜ」

魔石を動力とする魔法盤は古い時代にエルフ族の手によって広められた魔道具の一つだ。魔法盤に手を当て個人を登録するとその地区の管理塔に設置された魔石に情報が保存され、必要時に呼び戻すことが可能となる。

「嘘でしょ、勘弁してよ」

思わず呟くと男は右に首を傾げた。

「お嬢ちゃんはどこに行くつもりだい？」

「門を出てすぐの森で冬イチゴを摘みたくて」

「あんた十八くらいだろ」

「そう、ですけど」

「あんたくらいの年頃の娘は晩餐会が終わるまでは申請しても外には出られんぞ。詳しいことは落とし格子の下にいる門番に訊いてみな」

男が柄のない焦げ茶色のシャツと黒いズボンの門番を指差す。

人をかき分けながら門番に近づくと、白髪交じりの小太りの男はうんざり顔で帰れとばかりに手を振った。

日の出に下された命令に男は腹を立てていた。昨日まではそれなりの仕事でよかった。出入りの監視も管理も不要で、給料の割には楽な仕事だった。

それが出勤したらとんでもなく面倒なことになっていた。命令の通りに管理できなければクビだなんてあんまりだ。暴挙だ。ああ、また無駄に食い下がろうとするのが来た。わからず屋はこれで何人目か。日の出前から何十回と同じことをしている。休む暇がないほど忙しいなんて、これじゃなんの為に門番になったのか。

「おい、そこの！　割り込むな、最後尾に並べ！」

横入りしようとしていた男を怒鳴りつけ手を大きく振る。アデリエーヌはこめかみに血管を浮かせた男の形相にすくみそうになる足を叱咤し、歩を進めた。

(胸がドキドキする)

木板のちょうど真横で男を見上げる。男は「今度はガキかよ……勘弁してくれ」とガシガシと頭を掻いた。

「お嬢ちゃんは通れねぇよ。さ、帰った、帰った」

「それじゃ困るんです！　わたしどうしても今日中に外に出なくちゃいけないんですよ！」

「ったく。字が読めないのか、面倒だな。ほれ、ここな。ここに王命だって書いてある。特例は認められてない。悪いが諦めてくれ」

長距離用の馬車は跳ね橋を渡ったすぐ横だ。外に出られないのは魔法盤に情報を登録するよりも問題だ。はいそうですかと引き下がるわけにはいかない。

背を向ける男の正面に回り込み、再度頭を下げる。

「この通りです、お願いします！」

「あんたに勝手をされると俺が困る。いくら頼まれても上からの命令には背けんよ。悪いが後がつかえてる」

煩わしそうに手を払う男に必死に訴えかける。順番待ちの長い列が暇潰しの見物客となっていたが、気にしていられなかった。なんとかならないかと食い下がっていると、二人のやりとりを見ていた別の門番が口を挟んだ。

「おいおい、随分しつけぇな。見てわかんねぇのか、忙しいんだよ。あんたの相手をしている暇はないんだ」

男は鋼色の鱗で全身を覆ったオオトカゲ族だった。威嚇の為に歯を剝き出しにし、長い尾を左右に振っている。オオトカゲ族に睨みつけられ冷や汗が出た。獰猛《どうもう》な獣さえ縮み上がらせる迫力がある。気弱な質《たち》なら卒倒しそうだ。

「邪魔だ、邪魔だ。さっさと帰んなっ！」

門番にはある程度の権限が与えられている。追い払う為であれば多少の暴力もやむなしと黙認されていた。

男の大きな手が身を縮ませ後ずさりしたアデリエーヌの肩を強く押す。

「あっ」

肩を突かれた拍子に後ろに倒れ、地面に尻を打ち付けた。男たちはアデリエーヌを冷ややかな顔で見下ろすと、何も言わずに自分たちの持ち場へと戻って行った。

突き飛ばされたことに呆然《ぼうぜん》としていたアデリエーヌは立ち上がると、汚れた手とスカートを軽く払った。

（失敗した。朝になるのを待たず、昨日のうちに家を飛び出すべきだった。なんとかしなくちゃ……とにかくここから出る方法を考えないと）

列から離れ遠くから人の動きを観察する。進む人、弾かれる人、立ち止まる人。誰もが自分のことでいっぱいでアデリエーヌの話に耳を傾けてくれそうな人はいない。

（馬車の荷台に潜り込んでみようかな）

外に出る馬車の荷物も点検の対象のようだが、上手くいけばやり過ごせるかもしれない。迷っている時間があるなら行動あるのみだ。

人を避《よ》けて前に進む。どの荷馬車にするか。可能なら顔見知りがいいが、贅沢《ぜいたく》を言っている場合ではない。知り合いでなくても見つかった時に大ごとにしなさそうな御者がいい。

列から外れた人々で城門周辺はごった返していた。

よそ見をしていたのが悪かったのか、急に歩調を緩めた男の背中にぶつかった。

「わっ」

驚いて立ち止まる。

「あ、ごめんなさい！」

反射的に謝罪をすると弓と矢筒を背負った男が振り返った。

「あれ？　アデリエーヌ？」

「んん？」

ぶつかった鼻先を手で擦《さす》りながら男を見上げる。

男は店の常連客であるレヴィだった。

正確な年齢を聞いたことはないが自分よりもいくらか年上であろう彼は腕のいい狩人《かりゆうど》だ。獲物を追いかけ野山を駆けまわっているという話だが彼はいつ見ても小綺麗で清潔感があり、他人に不快感を与えない身なりをしている。

首元のゆったりとした長袖のシャツ、吊《つ》りベルトのついた柄のないズボン。腰に巻いた防寒用の携帯マント。左右で長さの違う灰色の髪は丁寧に整えられ、垂れ気味の左目を完全に隠していた。

「こんにちは。これから狩りに出られるんですか？」

「はい、そのつもりです」

レヴィは左右色の異なる目を細めると、口元に嬉しそうな笑みを浮かべた。

「アデリエーヌも外に？」

「その予定だったんですけど追い返されちゃって。もういっそ荷馬車に忍び込んでやろうかと荷馬車を物色していました」

冗談半分に言うとレヴィは眉根を寄せ微妙な顔をした。

「さっき親の荷馬車に隠れて外に出ようとした少女が気絶するまで殴打されていましたから、やめておいた方がいいですよ」

「うわ、こわ」

「急に忙しくなって誰も彼も気が立っていますからね。この時期だと欲しいのは冬イチゴですか？　よければ俺が採ってきますよ」

目的は外に出ることで冬イチゴ摘みはただの口実だ。困って黙っていると、レヴィは身を屈《かが》めアデリエーヌの耳元に顔を近づけた。

「他にも何か？」

訊かれて小声で乗合馬車の状況を確認してほしいと頼む。レヴィは右手を差し出して籠の持ち手を掴むと、アデリエーヌに店に戻るよう言って狩人専用の列に戻っていった。

＊

帰路の途中、アデリエーヌは白い漆喰《しっくい》の壁が眩しい建物の前で足を止めた。チーズの販売店を表す看板が吊り下がっているその建物の横では経営者である牛の獣人が大きな尻を人間用の小さな椅子に乗せ、手巻きの煙草《たばこ》をふかしていた。白い煙が二メートル半以上ある巨軀《きょく》の男の周囲で揺らめいている。

「こんにちは、ガーグさん」

「お、アデル。なんだ、散歩にでも行っていたのかい？」

白と黒のまだら模様の牛の顔をした男がにこりと笑う。

「うん、ちょっとね。ガーグさんは休憩中？」

「完売で店じまいだ」

「え、開店前でしょ」

「ゼファんとこの使用人が買い占めてった」

「お、臨時休業ですね。わー、羨ましい」

「これから嫁の代わりに家事育児だ。チーズがなくなる頃だろ。いつものやつを作り置きしてあるからちっと待ってろ」

両膝に手をついていかにも重そうな尻を持ち上げ、店の奥へ商品を取りに行く。ガーグの作るチーズは絶品で、他の店の商品とは比べ物にならない。

代金を支払い、商品を受け取る。目の粗い平織りの布に包まれたチーズは触るとまだ柔らかかった。

「どうした、なんか元気ないな」

「実はさっきね」

数分前の出来事をかいつまんで話す。

「これも晩餐会の影響か。終わるまで色々制限がありそうだが、仕方あるまい」

「外に出る方法ないかな」

「難しいだろうな。外のもんが欲しけりゃうちの息子どもに行かせりゃいい」

ガーグには十五歳の息子を筆頭に三人の子供がいる。店の手伝いをよくする明るく元気な子供たちはアデリエーヌを姉同然に慕ってくれていた。

「パイの一つでも食わせりゃ山ほど採ってくる」

背もたれのない椅子を指先で軽く叩く。アデリエーヌが隣に座ると、ガーグは煙草を消した。

「親父《おやじ》さんたちが落石事故で亡くなってもうすぐ十年になるな。アデルもそろそろ伴侶を迎える年だが、意中の男はいるのかい？」

「いません」

「まさかの即答」

「だーって持参金ないし。ガーグさん、いくら若くてもお金がないと選ばれないんですよ。人族の世界は大変厳しいのです」

ガルダイルに住む人族の間では結婚の際に、妻側の家が娘の年齢に合わせた額の持参金を用意するのが習わしになっている。アデリエーヌの勤勉で実直な両親は土地と建物を残してくれたが、現金は微々たるものだった。持参金を捻出するには土地も建物も手放さなくてはいけない。

遺産を手放すくらいなら結婚を諦めた方がましだ。

「持参金なんて古臭い慣習を当てにしている男なんぞ最初からやめておいた方がいい。持参金が問題なら人族以外ではどうだ？」

竜族の王子の番だと知ったら、ガーグは泡を吹いて気絶するかもしれない。

「えー、やだ。だって番が現れたらおしまいなんでしょ。捨てられる前提で一緒にいるとか嫌過ぎ。ないない。無理無理」

「確かに番が目の前に現れたらどうなるかはわからんわなぁ。なら、アデル本人に惚《ほ》れてる男だな。お前さんを目当てに店に通う男は山ほどいるだろ。ゼファなんて優良物件だぞ。親友の贔屓目《ひいきめ》じゃないがあれはいい男だ」

この国のルガレス第二王子に仕えるレングド騎士団の副団長であり男爵位を持つゼファニエル・アークロッドはすらりと背の高い紫紺の瞳の青年だ。騎士らしい屈強な体つきと男らしい容姿から女性たちからの人気が高く、若い令嬢のいる貴族家から結婚の打診が後を絶たないとの噂がある。

どういう経緯で知り合ったかは知らないが、平民のガーグの唯一無二の親友だ。

「男爵様を建物扱いしたら叱られますよ」

「求婚されているんだろ」

「違いますよ。あれはゼファさん式の挨拶で、誰にでも言っていることです。真に受けるほどわたし子供じゃありません」

「……鈍いな！」

仰《の》け反《ぞ》って手を叩いて大声で笑う。ガーグは本当によく笑う。アデリエーヌは豪快な笑い方をするガーグのことが好きだった。亡くなった父親は彼とは対照的に小柄で物静かだったが、二人はどこか似たところがある。

日差しの眩しさに目を細め、眉の上で手をかざす。大通りほどではないが人通りはそこそこ多い。

「最近ここに来る人増えましたよね」

「特に竜族がな」

獣人にはガーグのように半獣状態で生活をする者と、完全に人化している者の二タイプいる。

「あそこに立っている男。ほれ、縁のない帽子を目深に被ってるのがいるだろ。あれは竜族だ。動きからして商人だな。他は……ああ、蠟燭屋《ろうそくや》を覗いている薄い赤茶色の髪の老婆もそうだ」

「どこで判断しているの？」

「竜族は平民でも他の種族とは纏う空気が違う。意図的に隠していないと誰にだって見分けがつくから、説明のしようがない。わからん理由がわからん」

「ですよねー」

ガーグは胸元から真新しい紙と煙草の葉を取り出すと、慣れた手つきで煙草の葉を紙で棒状に包んだ。火打石で火をつけ深く吸い込む。

吹いた風が煙を散らす。建物の間に見える空を見上げる。水色の空に浮かんだ雲は白一色ではなく、日が当たっていない面は灰色がかっていた。

穏やかで平和そのものだ。親代わりのガーグの傍は居心地が良く、最悪な状況に置かれていることを忘れてしまいそうになる。

煙草を吸い切ったガーグが体を動かす。小さな椅子が軋《きし》んだ。

「お迎えが来たぞ」

道路の向こうにレヴィの姿があった。

「レヴィさん！」

立ち上がり手を振る。レヴィは通行人を上手く避けながら二人に駆け寄った。一度帰宅したのか持ち物は預けた籠だけで、狩りに使う道具は持っていない。

「店に行こうと思ってたんですけど、ここで会えてよかった」

ガーグが籠に目をやる。

「おー、こりゃ随分採ってきたなぁ」

「森に入ってすぐの所に群生していました」

礼を言って受け取ろうと両手を差し出すと、レヴィは店の方角に顔を向けた。

「店まで送ります」

やんわりと断られ手が行き場をなくす。

「いえいえ、大丈夫ですよ。すぐそこですもん」

「両手が塞がっている状態で転んだら大変ですよ」

心配そうな表情に数日前の記憶が蘇る。

あれは市場で安売りのリンゴを大量に購入した帰りのことだった。麻袋いっぱいに入れたリンゴを両腕に抱えて人通りの少ない川沿いを歩いていた。

煌めく水面を眺めながら食べ頃のリンゴで何を作ろうかと考えていたのが悪かったのか、転んで四方に撒《ま》き散らかした。膝を強《したた》かに打ち痛みに悶絶《もんぜつ》するアデリエーヌに手を貸してくれたのは偶然通りかかったレヴィだった。

「あれは考え事をしていたからで、普段は転びません」

「その前も転んでましたよね」

「転んでません、足がもつれただけです」

「なにもない所で」

「なにもない所でも足がもつれることありますよね」

「先月もお店の前で転んでました」

「……レヴィさん意外と意地悪ですね。普段はたまにしか転びません」

眉根を寄せて唇を尖《とが》らせる。

「たまに」

「……反芻しないでくれますか」

確かに自分には運動能力というものがない。運動が得意とか苦手とかそんなレベルの話ではなく、存在していないに等しいのだ。走れば子供に抜かれるほど遅く、泳げば溺れる。曲がり角では体のどこかを打ち付け、足には常に覚えのない痣《あざ》がある。階段を踏み外して転げ落ちることは日常茶飯事で、転ばないで一年を終えられたら奇跡だ。

運動能力を向上させようとしたことはあるが、友人知人に匙《さじ》を投げられた。

自宅までは目と鼻の先だが冬イチゴがぎっしり入った籠とチーズの両方を持った状態では転ぶ確率は非常に高い。

数分後の自分の姿が容易に想像つく。断り続けるのも時間の無駄だと、彼の親切心に素直に甘えることにした。

＊

両親から継いだ店にレヴィが訪れた日のことを、正直覚えていない。気づいた時には店の常連になっていた。

レヴィはとても無口な客だった。他の客から話しかけられにくい奥のテーブル席に座り、誰とも挨拶以外の言葉を交わそうとはしなかった。彼には見えない壁があり、その壁はアデリエーヌを含めた全員を近寄らせなかった。

無口で存在感のない青年が凄腕《すごうで》の狩人であり、名をレヴィというのだと教えてくれたのは常連客の老人だった。老人は「あの青年は猟師ギルド内でも客同士の雑談に加わることもなく、常に一人でいる」と言った。

アデリエーヌの店に通う客の中には極度の人見知りで、店に入ってから出るまで一言も発しない客もいる。

時折、彼から物言いたげな視線を感じることはあったが話しかけられることもなかった為、アデリエーヌも話を振ることはせずにいた。

食事の場は煩わしくないのが一番だ。

数いる常連客の一人に過ぎなかった青年との関係が変わったのには、きっかけがあった。春の豊穣祭《ほうじょうさい》で賑《にぎ》わう噴水広場でアデリエーヌは泥酔した傭兵に絡まれた。腰から剣を下げた大型の虎の獣人に周囲の人々は逃げ腰で傍観に徹した。酒の相手をさせようといかがわしい店に連れ込もうとする虎の獣人を止めたのはレヴィだった。

手首を掴まれた虎の獣人は一言二言悪態をつくとその場から立ち去った。顔見知りだとは思わず助けに入ったのだろう、目深に被ったフードを上げて礼を言うと彼はとても驚いた顔をした。

その時初めて彼の顔を間近で見た。それまでレヴィの両目は海の青色だと思っていたが、くすんだ灰色の髪に隠された左目は深夜の夜空に似た闇色だった。

左右目の色が違うことは珍しくない。

両親の種族が異なる場合、父親と母親両方の色を持つことがほとんどだ。

レヴィが顔の左半分を隠すように髪を伸ばしているのは、他種族と血が交わることを厭《いと》う種族の中で暮らし迫害を受けていたからかもしれない。そう推測すると彼が他者と交流を持たなかった理由がわかった気がした。

その日を境にレヴィとの会話は桁違いに増えた。

アデリエーヌと話すようになると他の客とも笑顔で雑談するようになり、アデリエーヌが近所の孤児院を支援していると知ると顔を出すようになった。手先の器用なレヴィは腐った床板を張り替え雨漏りのする屋根を直し、寝台や棚を作った。

レヴィは子供の扱いも上手かった。三十人を超える子供たちを手際よく風呂に入れ、食事を与えた。時間があれば手製の玩具で一緒に遊び、転んで泣いている子供がいればすかさず抱き上げて優しくあやした。

穏やかで物腰の柔らかいレヴィはすぐに子供たちの人気者になった。

(レヴィさんにとってはわたしもあの子らと大差ないんだろうな)

ちらりと横目でレヴィを見上げると、目と目が合った。

「そうだ、乗合馬車ですがあれも登録制になっていましたよ。一日の本数も大幅に減って、武装した兵士が持ち物検査をしていました。どこかに出掛ける予定でも？」

「なんか、なんとなく？　なんとなーく、旅行にでも行きたいなって思って」

「いいですね、旅行。行くならどこに？」

「えー、そうですねぇ。やっぱり海かな。朝は海辺を散歩して、夜は焚火《たきび》をしながら星空を眺めたいな」

「……お菓子を食べながらですね」

「え！　なんでそれを。レヴィさん鋭いですね。やっぱりお菓子は必要ですよね。深夜のお菓子は背徳的で最高です。甘いジャム入りの紅茶と……あ、これでジャムだけじゃなくてパイも焼こうっと。レヴィさんにもお裾分けしますね」

料理をする気分ではないが生活費と逃走資金を稼げるだけ稼がなくてはいけない。

金銭的な面以上に心配なのは人目を引くことだ。アデリエーヌが招待状を受け取ったことは数日中に広まるだろう。仕事を休むことで「竜族から多額の支度金が出た」「貴族から支援を受けている」などといった根も葉もない噂話を流されるのは避けたかった。

両親が亡くなった後、親戚を名乗る大人が短期間のうちに次から次へと現れた。彼らは悲嘆にくれるアデリエーヌに後見人となって財産を管理するから全て預けろと迫った。無知な子供から全てを奪い取ろうと目論《もくろ》んでいた。

少ない財産を失わずにいられたのは両親の友人であるデマリーやガーグが盾となり守り続けてくれたおかげだ。

高名な錬金術師であるデマリーが後見人になり全てを管理することになったと知ると、赤の他人が遺産を横取りする気かと彼女をひどく詰《なじ》り罵った輩《やから》もいた。

竜族から支度金が払われたなどとありもしない噂を流されたら、デマリーが追い払って以来音信不通となっている名前も覚えていない親戚や両親の恩人を名乗る者が店に殺到しかねない。

「明日ジャムを作ってパイは明後日《あさって》焼くので、明後日お店に来ていただけますか？」

店の戸を開けながら訊く。レヴィは出入り口に近いテーブルに荷物を置いた。

暖炉の火が消えた店内は肌寒く外気温と大差ない。

「当たり前のことをしただけなので、お礼は結構ですよ」

「いえいえ、そういうわけにはいきません。あ、お茶入れますね」

椅子に座るよう促しカウンターに入る。長期間戻らないつもりでオーブンに火は入れていない。しゃがんでオーブンの鉄扉を開ける。石炭は燃え尽きてほとんど残っていなかった。

オーブン前に置いた石炭ポットの蓋を開ける。空だ。

(あちゃ、最悪)

倉庫に予備がいくらかあったはずだが、隣の雑貨屋から火種と一緒に石炭を譲ってもらった方が早いかもしれない。

「すみません、残念ながら今日は所用がありまして」

「え」

周辺の森や山を把握しているレヴィから他の街への移動に関する情報を聞き出そうとしていたアデリエーヌは焦った。

「なら明日！　明日はどうですか？　明日出来たてをお渡ししますから！」

「いや、でも」

「とびっきり美味しいのを作りますから！」

一歩近づきグイッと身を乗り出す。

「では、明日伺います。時間は……昼を過ぎた辺りで」

「はい、お待ちしていますね！」

レヴィを見送り、テーブルに置いた籠を手元に寄せる。情報収集の為とはいえ、些か強引過ぎたのではないか。

（不審に思われてないといいけど）

布をわずかに捲《めく》ると甘酸っぱい香りがふわりと漂った。城郭の外に群生する冬イチゴは春の終わりまで赤く甘い実をつける。レヴィの持ち帰った赤く熟した冬イチゴは、瑞々しくどれも美味しそうだ。

（なんだかジャムにするにはもったいないな）

布を外し、折りたたんでからテーブルに置く。冬イチゴの山に紫色の花が横たえられていた。花の茎を摑み目の前にかざす。緑色の細い茎、紫色の丸い花弁。数えると花弁は十五枚あった。見たことのない小さな花は素朴で愛らしい。

レヴィは会う度に花を贈ってくれる。狩りに出たついでだと言っていたが、どの花も珍しく近隣では見たことがない。

（いつもどこで摘んできてくれるのかなぁ）

鼻先を花の香りがかすめる。甘い香りで胸の奥がじんわりと温かくなった。細身の花瓶に水を注ぎ入れ花を活ける。

沈んだ心が小さな花にすくい上げられた気がした。

＊

小休憩後、アデリエーヌは街を囲む壁に隣接した林に向かった。落ち葉の間に転がる木の実を拾いながらこちら側とあちら側を分断する高い壁を見上げる。街をぐるりと囲んでいる白に近い薄灰色の壁はバルデガッサ王国が建国する何百年も前に築かれたもので、ただの一度も壊されたことがないという。

（たっか。何メートルあるんだろ）

乗り越えることができるのは大型の鳥人くらいなものだが、彼らも壁を越える前に見張り台にいる警備隊によって撃墜されるはずだ。

（登るのはまず無理でしょ。当然だけど抜け穴は）

壁の低い位置には苔《こけ》がびっしりと生え、所々蔦《つた》が這っていた。片手で壁を撫でては手の甲で叩く。壁の厚みは約五メートルはありそうだ。

（当然抜け穴なんてないし、脆くなっている箇所があったとしても誰にも気づかれずに開通させる方法なんてない。門も壁も駄目となると残るは川。川か、うーん。橋ごとにはめ込まれている鉄格子を突破する云々《うんぬん》以前に泳げないって問題がね、うん）

ろくな手が浮かばない。どうしたものかと腕を組んだその時、視線を感じた。壁に背を向け周囲に意識を向ける。異様なまでに静かなことに気がついた。鳥の囀る声も木々のざわめく音もしない。完全な無音だ。

（気味が悪い）

人の気配はないがどこかに誰かがいる。それは間違いない。突き刺さる視線に両腕に鳥肌が立っている。走ってこの場を立ち去るべきか考えていると、茂みの奥から枯れ枝が折れる音がした。音のした方を凝視する。足音だ。徐々に近づいてくる。

「おや？」

現れたのは一人の青年だった。アデリエーヌに対し人懐っこい笑みを見せる。

「こんな所に人がいるなんて、驚いたな」

真《ま》っ直《す》ぐに近づいてくる青年にアデリエーヌの緊張が高まる。

青年の顔を不躾《ぶしつけ》にならない程度に観察する。くすみのない血色のいい肌、整えられた太めの眉。額の真ん中から分けた薄茶色の髪は陽光に輝いて金色にも見えた。

最高級の生地で作られた上着によく似合う青いスカーフ、スカーフを留めているシンプルな形の翡翠《ひすい》のブローチ。見本的な乗馬用の衣装だ。

（裕福な商人？　ううん、貴族かもしれない）

赤茶色の目からはアデリエーヌに対する強い興味を感じた。青年から距離を取ろうと一歩後退する。アデリエーヌの警戒心に気づいた青年はアデリエーヌの数歩手前で立ち止まった。

「木の実拾い？」

訊かれて足元に転がる木の実を見ながら、「はい」と答える。

「この辺りで拾えるのは万葉樹《まんようじゅ》の実くらいだ。北の林の方が木の実拾いに適している」

通年で実を落とす万葉樹は日照りにも強く飢饉《ききん》の際には貴重な栄養源となるが、殻が硬く種子を取り出すのに手間取るといった理由から平時に食す者は少ない。

抜け穴を探す為に人けのない場所をあえて選んでいるとは言えるわけもなく、試作品の食材集めと適当に答える。

「万葉の実で作る料理って想像がつかないな。どんな料理？」

「パイや焼き菓子です」

「ふーん、試作品ね。店でもやってるの？」

「グレブリュール地区の六街区でパイの店を営んでおります」

「名前は？」

立て続けにされる質問にゲンナリする。この男は初対面の女性に対して普段からこのような態度を取るのだろうか。あまりに礼儀知らずだ。

（答えなくちゃいけないのかな）

不快感に無言を貫いていると男はさらに近づいた。威圧的な目が返事を促している。

「……アデリエーヌ・ファーレと申します」

渋々答えると青年は目を見開き、すぐに細めた。薄い瞼が微かに震えている。真横に引かれた唇は言葉を発するのを堪《こら》えていた。彼は怒っているような、泣いているような複雑な表情をした。

「皮肉なものだな」

ぽつりと呟く。

（皮肉？）

言葉の意味が分からず小首を傾げると、眉間にシワを寄せた青年は忌々《いまいま》しそうに膝まであるブーツの踵で万葉の実を踏み潰した。

急に不機嫌になった青年に鼓動が速くなる。

アデリエーヌは手を小刻みに震わせながら、青年の腰から下げた乗馬用の鞭に目をやる。

半年ほど前、隣町の飲み屋の娘が返事の仕方が悪かったというだけの理由で貴族に死ぬほど鞭打たれたことがあった。鞭打たれた娘は全身に一生消えない傷を残した上、不愉快にさせたことに対する罰金まで支払わされたという。

(あんなもので打たれたら)

想像するだけで恐ろしい。

「あ、あの……そろそろよろしいでしょうか。明日の仕込みの時間が」

刺激を与えないよう注意しながら言うと、青年は籠にかけていた白布を捲った。

予期せぬ動きだった。

拾い集めた木の実は籠半分ほどで、料理に使うには十分な量だ。

招待状は布に包んで底に隠してある。持ち歩きたいものではないが、家に残しておくこともできなかった。籠をひっくり返されない限り、招待状が彼の目につくことはない。

「少ないね。殻を剥いたら半分以下だ」

「試作品を作るのには十分です」

青年の目はアデリエーヌから一瞬も離れない。確認しなくてもそれがわかる。

伸ばされた手がアデリエーヌの肩に伸び、頬をかすめた。びくりと体を縮こませる。

「あまり怖がらないでくれないか。何もしやしない」

親指と人差し指で摘まんだ枯れ葉をアデリエーヌの目の前でクルクルと回す。極度に緊張しているアデリエーヌを見つめながら、青年は「この男は失敗だったかな」と呟いた。

聞き取れなかった呟きに顔を上げる。彼はアデリエーヌの髪を一房取ると、「気をつけてお帰り」と言って林の中に消えた。

＊

ドラグランドの王族が所有する墓はこの世で最も美しい。

重く巨大な扉を押し開けると、強い風に襲われた。

そこにいた全員が体に力を入れ、押されまいと踏《ふ》み止《とど》まる。強く冷たい風に王太子の長い髪が宙に舞い上がり、踝まである上着がバサバサと音を立てた。光を弾いて銀色に輝く髪を軽く手で整えた王太子は従者と護衛に待機を命じると一人で奥へと進んだ。

強力な魔法がかけられた王家の墓は外観からは想像しにくいほど広く豪奢《ごうしゃ》だ。竜族に伝わる神話を描いた壁彫刻、等間隔に並んだ優美な装飾の太い柱。廊下の左右にある窪《くぼ》みには水が流れ、純白の魚が泳いでいる。床も壁もどこもかしこも眩しいほど白いのは、竜族にとって白色が永遠の安らぎを意味する為である。

王太子は数百ある扉のうちの一つに手をかざした。扉は音もなく開いた。端から端まで数十メートルはあるその広い墓室内は、微かに花の香りがした。

部屋の中央に向かって真っ直ぐに進む。

石棺は墓室の中央の台座の上にあった。階段を上り無数の蠟燭に囲まれた石棺の表面に指先で触れる。ひんやりと冷たい感触。手のひらで石棺の表面を撫で、細かな彫刻を彫りこんだ蓋を躊躇なくずらす。動きに合わせて蠟燭が揺れた。手にしていた花束を空の棺《ひつぎ》の中に横たえる。

暗い目つきをした王太子は深く項垂《うなだ》れた。

祈りの言葉を口にすることはやはりできなかった。

# ◇日常◇

アデリエーヌの朝は掃除から始まる。店内と向かいの道路の掃き掃除。窓と床、それから調理台の拭き掃除をしてから、パイの材料と調理道具を台に並べる。

材料は前日の晩に作って寝かせておいたパイ生地、水で戻した乾燥豆、香草、数種類のキノコ、果物、野菜。レヴィからもらった冬イチゴは数粒を残して夜のうちにジャムにした。果肉を使ったパイは五つだけ作る予定だ。

手馴《てな》れてはいるが数種類のパイを同時に作る為、日が昇った直後から準備をしなければ開店時間に間に合わない。

(さて、やりますか)

タマネギ、ニンジン、ジャガイモは用途に合わせて切り分け、ボウルに移す。キノコは小ぶりなものばかりだから、濡れ布巾で拭いて手で割いた。スープ用の深鍋に油を馴染ませ、潰したニンニクを炒《いた》めると食欲を刺激する匂いが店に漂った。

ニンニクの色が濃くなる手前で粗く切ったトマト、大きく切ったタマネギとニンジンを入れよく炒める。タマネギの色が透き通ってから水で戻した乾燥豆を加え、野菜クズとスジ肉で取った出汁《だし》を入れて火にかけた。スープの中でこれが一番よく売れる。時折灰汁《あく》取りをしながら同時にパイの中身を作る。店に並ぶのは平均六種類。食事用、おやつ用と半分ずつだ。

ばらしたキノコをバターを溶かしたフライパンに広げる。蓋をしてじっくり蒸すのがポイントだ。

(乗合馬車は使えない。街の外にどうにか出て運よく商人の馬車に乗れたとして、その先どうする？　大きな街ではきっとここと同じ手続きが必要なはず。目指すなら通達が届くのが遅い小さな町や村だけど。比較的安全な村を探し出せたとしても、住む場所を確保できるかどうか)

蒸し終えたキノコを混ぜて軽く炒め、塩コショウを振って皿に移す。塩と香草を擦り込んでおいた若鶏《わかどり》の胸肉の半分はクリーム煮にし、残りの半分は炒めて冷ました野菜とパイ生地に包んで卵を塗ってから熱したオーブンに入れた。

鉄の箱形オーブンは店の中までも蒸し熱くしてしまう。換気の為に窓を開けると、店の前を掃除していたカーリー・オットマンに声をかけられた。丸々と太った背の低いカーリーは夫のタイタオスと雑貨店を営んでいる。小さな目と丸い鼻、ぽってりとした唇。全体的に愛嬌《あいきょう》のある人で、両親が亡くなってからはアデリエーヌの面倒をよく見てくれた。

「おはよう、アデル。いつも早いわね。今日のお勧めは？」

「キノコのパイと、冬イチゴのパイかな」

「バターの匂いがたまんないわね。うちにも二つずつ取り置きしておいてちょうだい。そうだ、床用の箒が駄目になりそうでしょ。後で持ってくるわね」

「うん」

「あ、ねぇあの噂聞いた？」

「なあに、ミチュリの家の猫が妖精族の杖《つえ》でも拾ってきた？」

ふふふ、と笑ってカーリーが窓に近づく。

今日は踝まである茶色地の花柄のスカートに、白いブラウス、レース編みのショールを合わせている。髪は頭の後ろで一つにまとめ、耳の横から短い後れ毛を垂らしていた。接客業だからというわけではないが、カーリーはいつもお洒落《しゃれ》だ。

「竜族の招待状のことよ。どうもこの街にも届いているって話よ」

「なにそれ、誰情報」

興味なさげに適当な返事をする。

箒を壁に立てかけ、カーリーは片方の肘を窓枠に乗せた。吊るし籠の花に手を伸ばし、萎《しお》れた花を摘む。

「招待状を受け取った人がいようがいまいが実際はどうだっていいのよ。こういった話で大切なのは楽しめる内容かどうかだけ。この街に住む誰かが孤独な王子様の伴侶だなんて素敵じゃない。運命に導かれて、豪華《ごうか》絢爛《けんらん》な晩餐会で二人は出会うのよ。想像だけで盛り上がれるわ」

当事者でない彼女たちからしたら竜族の番迎えは娯楽の一つに過ぎない。自分だってカーリーと同じ立場なら好き勝手な想像をして、「羨ましい」と話に乗っていたはずだ。

「しかし五度目となると盛大にやるのね」

「五度目？」

「王族の血筋が人族から番を迎え入れるのはこれで五度目なのよ。うーん、今時の子は知らないか。でもまぁそうよねぇ、何百年も前の話だものね。人族の方が多い国では他種族の話なんて百年もしたら大昔か」

「その大昔の出来事をどうしてカーリーさんは知っているの？」

「昔父の古い友人に聞いたからよ」

カーリーは近所では右に出る者がいないくらいの情報通だ。洋服や菓子から浮気話まで持っているネタは幅広く数多い。

「どれもあんまりよくない話でねぇ」

お喋《しゃべ》り好きが珍しく渋っていると、雑貨店から彼女を呼ぶタイタオスの野太い声がした。どこで油を売っているのかと怒鳴っている。カーリーを仕事に呼び戻すのはタイタオスの仕事の一つだ。

「あらら、やだわ。また怒らせちゃった。アデルもまだ仕込み中だってのにごめんなさいね、後でまた来るから」

はいはい、わかっていますよと文句を言いながらカーリーは店に戻った。アデリエーヌは焼けたパイをオーブンから出し、鍋をかき混ぜた。

「四度」

呟いてオーブン板に並べておいたパイをオーブンへ入れ、鉄扉を閉める。

(今回で五度目。これまでのことについて詳しく知れたら、逃げる足がかりになるかもしれない。――…レヴィさんが来るまでには時間があるし、図書館に行ってみよう)

＊

グレブリュール地区のすぐ隣、パレイナ地区にある図書館は元が男爵家の屋敷なだけあって、建物は素晴らしい造りをしていた。各地域から集められた膨大な書物が所蔵されている三階建ての白い建物は横に長く、背の低い木々が周囲を囲んでいる。

図書館の本棚に並んでいる本は一般に流通している物よりも歴史的価値が高く持ち出しが固く禁じられている為、利用者は一つしかない出入り口で住所と名前、職業を専用の台帳に記入することが義務付けられている。受付を済ませ階段を上る。静寂が支配する建物内に人の気配はほとんど感じない。

(竜族からの招待状に沸いているから歴史を掘り返す人がいるかと思っていたけど、そうでもないのね)

びっしりと並んだ本棚に圧倒されながら、竜族に関する文献を探す。

本棚は酷い状態だった。部屋や本棚によって分類が統一されておらず、適当に並べられている。読み終えられた本が手近な棚に戻されているのは明白で、管理されていないに等しかった。

(整理整頓って言葉が死んでる)

本棚に沿って歩く。

国内外から集められた本の色も大きさも様々だ。背表紙に題名が書かれているものとないものとがあるのは、背表紙に本の内容を示す題名が書かれるようになったのがここ百五十年のことだからだろう。それまで本に題名をつけることはなく、題名は中表紙にあるのが一般的だった。

二階の最奥、大きな窓のある部屋に入る。

そもそもバルデガッサ王国では読み書きができるのは人口の六割弱だと言われている。生活にゆとりのある富裕層や国の機関への就職を目指す者でなければ図書館を利用することなど滅多にないのだから、この状況は当然と言えば当然なのだろう。

実際、店の跡継ぎとして幼少の頃より読み書きを習ったアデリエーヌでさえ図書館を利用したのは数年ぶりのことだ。

他国で書かれた本がバルデガッサ語に翻訳されることは多くない。それらしい本を適当に選んで開いて題名と目次を読む。

(竜王とその魔力について——これじゃない)

本棚に戻し、次の本を開く。

(空に還《かえ》った魔力、これも違う)

本を引っ張り出しては元に戻す。バルデガッサ語で書かれた竜族に関する本を探すのは至難の業だった。訳された本を探すのを諦めて、表題のない本を手当たり次第に開いていく。

手が止まったのはちょうど三十冊目だった。赤茶色の表紙の本は厚みが四センチほどあり保管状態はあまりよくない。表紙の四隅の飾り鋲《びょう》と金属の留め金は黒く変色しており、背表紙には大きな亀裂が入っていた。

表紙に書かれている銀の文字は読めない。

(どこの国の文字だろう)

一枚捲ると見覚えのある印が押されていた。

（デマリーさんが国の検閲を通った本には国印が押されるって言ってなかったっけ）

布バッグから招待状を出して確認する。国名の横に押された二つの印、王印と国印だ。

（同じだ。これ、ドラグランドの国印だ！）

招待状を布バッグに戻し、パラパラと頁《ページ》を捲る。挿絵に手が止まった。

竜が人を今にも飲もうとしている。女性だ。牙を剝く恐ろしい竜から己を守ろうと両手を必死に伸ばす姿に身が強張った。竜の輪郭を指でなぞる。

頁を何枚か捲るとまた絵があった。

財宝の山に立つ男。豪奢な衣装で己を派手に飾った男の足元には、身を小さくした竜が丸くなっている。まるで従順な犬だ。

三枚目の絵は部屋で首を吊っている年老いた男。揺れる男の足元には小さな子供の亡《なき》骸《がら》が山積みに重なり、その横では髪の長い若い女が嘆き悲しんでいた。

最後の一枚は冷たい石の床に倒れている髪の長い少女の絵だった。うつ伏せになった少女の傍には誰もいない、一人ぼっちだ。

心に黒いものが広がり、泣きたい気持ちになった。

子供の頃から体が弱く常に死を意識していた。家族か許婚、使用人の誰かに看取《みと》られて死ぬはずだった。

アデリエーヌは身震いするとそれを本棚に戻した。番迎えのことがわかる本は他にはないのかと隅から隅まで探したが、結局参考になるものは発見できなかった。

階段を上り左右に分かれている廊下を交互に見る。右の廊下を選んで扉の開いた部屋を次々に覗く。咳払いに足を止めた。静寂が義務付けられている建物内でバタバタと足音を立てたアデリエーヌを本棚の整理をしていた司書の女がきつい眼差しで睨んでいた。質問を許す雰囲気ではない。

アデリエーヌは女に軽く会釈をすると、すぐにそこから離れた。

最後に入った部屋もやはり無人だった。椅子も机も使用した形跡すらない。ここにもかなりの数の本があったが、目的のものはなさそうだった。

(もう帰ろうかな)

諦めて部屋を出ようとしたその時、首筋にひやりと冷たいものが触れた気がしてアデリエーヌは勢いよく振り返った。

——誰もいない。

首の後ろに手を当て、耳に全神経を集中し人の気配を探る。

(気のせい？)

神経過敏になっているのだろうか。

前世を思い出してから時折誰かに見られている気がすることがあったが、それとは違う。視線の種類がまったく別のものだ。

(でもこの視線、どこかで……)

まとわりつく視線は肌を刺す冷たさがあった。不快感を振り払おうとこめかみを手のひらで軽く叩き、目を閉じて眉間を指で解《ほぐ》す。腹の底から得体の知れないものが込み上げて胸を圧迫していた。

(なんだろ……頭が重くて気分が悪い。吐きそう)

本棚から離れ窓の傍に寄る。空は曇り、太陽は分厚い雲に隠れていた。雨が降る気配がする。

「竜族のことを調べているのかい?」

突然声をかけられ、アデリエーヌは腰を抜かしそうになった。

「おっと」

青年は両手を上げ背中を反らした。

(び、びっくりした……って、あれ。この人、昨日の)

見覚えのある顔に警戒心がほんのわずか薄らぐ。

「こんにちは、アデリエーヌ・ファーレ」

「こ、こんにちは」

「すまない、まさかそんなに驚くなんて」

両手を下ろした青年は壁に飾られた空を翔《かけ》る赤竜のタペストリーに目をやった。

「随分と熱心に探していたようだけれど、竜族に興味があるのかい？」

「興味と言いますか……話題、なので」

「ああ、わかるよ。王子の悲恋話なんて子供がいかにも好む話だ」

青年は本棚から一冊の本を出すと適当にパラパラと捲った。

「それで、可哀想な王子様の名前くらいはわかったの？」

こちらの都合などお構いなしに会話を続ける。

(名前)

ドラグランドに迎え入れられた日、二人の王子の名はわけあってこの世の全てから抹消され、敬称に書き換えていると説明を受けた。前世でも今世でも彼らの名を耳にしたことも口にしたこともない。

(だから余計に親しみを感じないのかもしれない)

アデリエーヌは当たり障りのない無難なことを答えた。

「竜王陛下に封じられた名を調べることは不可能ですよね？」

アデリエーヌの返事に青年は面食らった顔をした。

「……なんだって？」

「ですから、お二人の名前は調べようが――」

「そうではない」

言葉を遮ってパタンと本を閉じる。

「名を取り上げたのが竜王陛下だとなぜ知っている」

二百五十年前に第三王子と王太子が話していたとは言えずアデリエーヌは目を泳がせた。

「よくは覚えていませんが……誰かから聞いたのだと思います。噂とか……そういうので。お名前のことは皆知っているはずです」

青年は首を左右に振ると明後日の方角を見た。暗く深刻そうな顔つきで考え事をしている。

「あの……わたし、なにか失礼なことを？」

「ん？　ああ、いや……そうではない。……引き止めて悪かったね。そうだ、竜族のことを知りたければルールディストの王立図書館に行くといいよ」

「ルールディスト、ですか」

「ああ。竜族の歴史と衰退する魔法について研究している司書官がいる。リリニ族の男で、司書官というよりは収集家に近いが色々な話を聞かせてくれるはずだ」

青年の話にアデリエーヌは跳びはねんばかりに驚いた。

(そんな人がいるなんて！)

目を輝かせるアデリエーヌに青年は書物を元の場所に戻した。

「リリニ族は王立図書館には一人しかいないはずだからすぐわかる。——ところで君、馬に乗ったことは？」

「ありません」

「送ってあげよう」

「い、いいえ！　そんな！　ご迷惑をおかけするわけにはいきません」

「遠慮することはない。おいで」

青年に手を引かれ階段を下りる。建物の裏手にある赤煉瓦造りの馬屋には五頭の馬が繋がれていた。青年は木の柵に引っ掛けられた飼料桶に顔を突っ込み、乾草《ほしくさ》を食《は》んでいる牝馬《ひんば》を指差した。

「彼女が私の馬だ。戻ったよ、リアーテ。待たせて悪かった」

濃い茶色の馬体と艶のある鬣《たてがみ》。潤んだ大きな目の愛らしい牝馬は青年を見るとブルルと鼻を鳴らした。

(長い睫毛《まつげ》……目がキラキラしてる。なんて綺麗な子なの)

許可を得て愛らしい顔にそっと触れ首筋を軽く叩く。穏やかな気性なのか、嫌がりもせず大人しく撫でられている。

馬は二人を背に乗せるとゆっくりと歩き出した。

「試作品は作ったの？」

「万葉の実は三日間塩水に浸して虫を取り除く必要がありますのでまだ……」

「へぇ、知らなかった。経営は家族で？」

「いえ、両親は十年前に落石事故で他界しましたので今は一人です」

「事故か、それはお気の毒に」

少しだけ低くなった声に同情が滲む。両親の話をすると大半の人がアデリエーヌに心から同情する。両親を亡くした時、彼女は大人の庇護《ひご》を必要とする子供だったからだ。

二人は遠くに住む親戚の葬儀帰りの山道で崖崩れに巻き込まれた。大雨の後で地盤が緩んでいて、十人以上が亡くなった。

二人の死を悼む中には的外れな言葉をかける人々がいた。呆然とするアデリエーヌに、彼らは「君は馬車酔いをする体質でよかった」と言った。長時間の移動ができない為に隣人宅に預けられていたことは幸運だったと。

両親を失ったのに、だ。

「残された店を女性一人で守り続けるのは大変なことだ。苦労しただろう」

苦労という言葉では足りないほど大変な数年だった。子供の頃の記憶が数年分まるっきりないのは、辛いことから自分自身を守る為に防衛機能が働いたからだろう。

店が目と鼻の先になる。アデリエーヌは青年の手を借りて馬から下りた。

「アデル？」

アデリエーヌに声をかけたのは騎士団の副団長であるゼファニエル・アークロッド男爵だった。

「ゼファさん、こんにちは」

勤務中なのか、彼は黒を基調とした騎士団の制服を身に纏っていた。

金糸で編んだ飾り紐は肩から立ち襟の真ん中、ちょうどゼファニエルの喉仏の辺りに繋がっている。左の腰には剣を吊り下げ、右腕には敵の攻撃を受ける為の腕当てを装着していた。膝まである黒のロングブーツは歩きやすさを重視しているようで、踵はさほど高くない。

袖や襟にさりげなく施された刺繍は見事なものだ。

「出掛けていたのか」

「ちょっと図書館まで」

「なんだって今時期に」

渋い顔をしたゼファニエルは「後で話そう」と言うと左胸に手を当て、青年に対して恭しく一礼した。

「お久しぶりです、アヴィニエール侯爵閣下」

「久しいね。そうか、この辺りは貴公の管轄だったか」

「はい」

ゼファニエルの言葉にアデリエーヌは青年をまじまじと見た。

（え、侯爵？　嘘でしょ、この人侯爵なの？）

礼儀正しい紳士的なゼファニエルの態度に血の気が引く。

どうりで身なりがいいはずだ。アヴィニエール侯爵家は建国前から続く由緒正しい家柄の大貴族だ。

「彼女は貴公の知り合いだったのか」

「こちらの地区は治安がよく平和な方ですが若い女性が一人で店を営むとなると色々ありますから、警備隊だけでなく騎士団でも定期的に巡回をしております」

「そうか」

興味なさげに頷いて、アデリエーヌの手を取る。

「これからは一人であのような場所に行くのは控えた方がいい。貴女はとても美しいから、悪い奴に攫《さら》われてしまうよ」

悪戯《いたずら》っぽく微笑んで指先にそっと唇を当てる。

「では、また会おう」

青年の姿が完全に見えなくなってから二人は店に入った。

「あのような場所って？」

「万葉の林ですよ」

「殿下から君が招待状を受け取ったと聞いて駆け付けたが、閉まっていたから何かあったのかと心配した。アデル、一人で林に行くのはよくない」

獣の目撃談は度々あるが、子供の頃から慣れ親しんだ場所だ。熊や猪《いのしし》が出た場合の対策法も知っている。立派な大人にはほど遠いが、子供扱いされるほど幼くもない。

（ゼファさんもガーグさんも心配性ね）

はいはい、と適当に受け流す。

「君は本当に自分のことがよくわかっていないな。鏡を見ないのか？　君は自分がどれだけ美しくて可憐《かれん》で愛らしいのか少しは自覚をするべきだ。微笑み一つでどれだけの男が君の魅力に心を奪われ、夢中になるか。俺も例に漏れずその内の一人なわけだが――って、全然聞いていないな。ところで、閣下とはいつ知り合った？」

「昨日ですね」

「随分親しげだった」

不愉快そうに眉根を寄せて、カウンターに寄り掛かる。

しつこくて困ったと愚痴をこぼせばゼファニエルはあからさまに安堵《あんど》した。

「また恋敵が増えたのかと思った」

「え？」

「いや、こっちの話」

独り言を咳払いで誤魔化して、肩に掛けていた麻袋をカウンターに置く。

「干し肉と野菜だ。ガーグから預かった」

「ありがとうございます。後でお礼言いに行かなくちゃ」

麻袋の口を開き中身を確認する。

「いつも言っていますけどガーグさんに配達を頼まれたら断ってください」

「断ることを断る」

アデリエーヌは咎めるように彼を見上げた。

「君に会える口実を自ら手放すなんてことはしないよ。口実を手放せと言うなら可及的速やかに結婚してくれ」

「しません」

「今日も変わらずにつれないな！」

冷淡でそっけない返事に声を出して笑う。

（騎士団の人って皆が皆似たり寄ったりのことを言うけど、騎士団内で流行っているのかしら。挨拶代わりに求婚していたらそのうち痛い目に遭いそう）

暖炉に薪を二本並べて、着火用の木片を散らす。

「貸して」

火打石を手渡すと、ゼファニエルは薪にさっと火をつけた。

「アヴィニエール侯爵閣下ってどんな人ですか？」

「俺もあまり詳しくはないが、貴族連中の中ではまともな方だ。お若いが優秀で、以前竜族の王太子殿下をお招きした際には世話係に抜擢《ばってき》されていた。普段は別の都市にいるんだが、ルガレス第二王子に呼ばれでもしたかな」

「ゼファさんも王太子殿下にお会いしたことが？」

「二年くらい前に王城で開催された祝賀会に参加されていたのを遠目にお見かけしただけだが、とんでもなく美しい方だった。貴族連中、男女問わずそこにいた全員が魅了されていた。そういや、祝賀会の翌日おかしなことがあったな。王太子殿下がお帰りになる際に城にいた全員、使用人や下働きまで一人残らず庭に集められたんだ。手厚い歓迎に一言礼をってことだったが」

暖炉にやかんを引っ掛け、火掻き棒で炎を調整する。

「王族が礼を言うなんてあり得ない？」

「貴族も王族も気位の塊だぞ。礼は言わせるもので言うものじゃない」

「ゼファさんも貴族でしょ」

「男爵位なんてほぼ平民だ」

やかんの口から湯気が上る。

「あー……あのな、ガーグの店の商品を運んだのはついでなんだ」

隣に並んだゼファニエルにアデリエーヌは顔だけを向ける。

「国王陛下が竜族から番候補を辞退させるつもりなら覚悟しろと警告された」

「警告というよりがっつり脅迫ですね」

落ちていた木片を指先で拾って炎に投げる。

「なんでそんなことに？」

「トルベリアが晩餐会に自国民を参加させないと言い出したことが原因だ」

住民の九割を鳥人が占めるトルベリアは海に生える百本の巨大な木の上にある小国だ。百本の木の中央、生命の大樹と呼ばれる巨大な木に造られた王城を中心とした都市は古いながらも美しい街並みをしており、観光客は増加の傾向にある。

特殊な環境下にあった彼らはやや閉鎖的で他民族に対し差別的な一面を持っていたが、観光客により生活が潤うようになると態度を軟化させた。

番候補として招待状を受け取ったのはトルベリアの貴族令嬢だった。鳥人の母と人族の父を持つ彼女にはすでに番がおり、晩餐会への参加を見合わせたいと参加を断った。ドラグランド側も一度は承諾したが王太子は納得せず、番の有無に関係なく晩餐会に参加させろと命じた。数百年から国交が断絶状態にあるトルベリアは番持ちが晩餐会に出る必要はないと主張した。

トルベリアは独立した国家だ。ドラグランドの属国ではない。他国に従う義務はないと拒否すると、王太子はトルベリアに警告を出した。

竜族の不興を買うことは滅びを意味する。

(トルベリアの民は竜族と違って戦闘に慣れた種族じゃない。竜化した状態で攻め入られたらひとたまりもない)

昔、両親と街の広場で鳥人の歌を聴いたことがある。真っ赤な嘴《くちばし》の彼女は広場の観客を魅了した。あの美しい人が住む国が焼け落ちるのは見たくない。

「ただの脅しとか」

「その可能性は低い」

「トルベリア側はなんて?」

「令嬢が参加を承諾して一応は解決した」

王太子に関する記憶は断片的で曖昧だ。漠然とだが優しかったことは覚えている。

(王太子殿下は他国を脅すような方じゃない。誰にでも平等に優しくて、温かい方だった。そんなことをするのは)

第三王子の顔が浮かんだ炎に木片をもう一つ投げ入れる。

「もし辞退を考えているなら」

いくら親しくさせてもらっていてもゼファニエルは男爵だ。個人ではなく国を優先する貴族の一人である。辞退したい気持ちがあることを正直に伝えれば、国に損害を与えるつもりかと責め立てられるかもしれない。出会ってからずっと兄のように親切だったゼファニエルの不興を買って、態度を変えられるのは辛い。

辞退など少しもにおわせず、アデリエーヌはただ黙って首を横に振った。

＊

ゼファニエルが「団員への差し入れ」だと言って予約分以外の商品全てを購入したことで、店は臨時休業となった。

微妙に空いた時間にアデリエーヌは思案顔で壁掛け時計を見上げた。

（まだ時間があるから、レヴィさんの好きなジャガイモ料理でも作ろうかな）

カウンターに入って野菜を保管している木箱の蓋を開ける。

（えーっと、残っているのはジャガイモとタマネギと……ニンニクか。小麦粉とチーズと卵があるから、ドゥラルキにしようかな。ニニア国の伝統料理はどれもクセがなくて食べやすいし、燻製肉《くんせいにく》入りだから腹持ちもいいし）

燻製肉、燻製肉と繰り返しながら裏庭に面した貯蔵庫の木戸を開ける。貯蔵庫の肉類は二人分としては十分な量がある。壁から壁に渡した荒縄に掛けた鉄のフックから燻製肉を外し、カウンターに戻る。

何を作るか決めれば後は手を動かすだけだ。みじん切りにしたタマネギはニンニク油で飴色《あめいろ》になるまで炒め、硬めのチーズと燻製肉は細かく切る。蒸して潰したジャガイモにそれらと小麦粉と卵を入れよく混ぜ合わせてから塩コショウで味付けする。

食べる直前に薄く焼きあげれば完成だ。

ガーグからもらった野菜は練り粉に通してから油で揚げ、チーズは薄く伸ばしてカリカリに焼いた。

（うん、美味しそう！）

焼いたチーズを皿に並べ細かく砕いた黒コショウを散らす。レヴィが店を訪れたのは料理が完成する直前だった。

「こんにちは。これ、お土産です」

渡されたのは小さな蕾《つぼみ》のついた白い花と、足を紐で括った下処理済みの三羽の鳩《はと》だった。

「いつもありがとうございます。わぁ、可愛《かわい》いお花——と、鳩！　わーわー、美味しそ、う……って、え。こ、これは！　ま、まさかクルクト鳩!?」

「運よく獲れました」

短い首の丸々とした見た目に反した俊敏な動きから腕のいい狩人でも仕留めるのが難しいと言われているクルクト鳩は市場でもなかなかお目にかかれない幻の鳥だ。

七色の美しい尾は貴婦人の装飾品として、臭みのない柔らかな肉は最高品質の食材として市場でも人気が高い。

（嘘でしょ、こ、こんな立派なの見たことない……！　しかも三羽もだなんて！）

市場に卸したらいくらになるのか。恐ろしくて計算したくない。

「レヴィさんこれはいけません、お土産にはあり得ない高級食材です。こんな高級食材をお土産にしちゃ駄目ですよ。売らないと！　売ってガッポリ稼がないと！　今日はお礼でお呼びしたので、お気持ちだけで大丈夫です！」

受け取ったものをそのまま返そうとするも、土産を持ち帰るわけにはいかないとレヴィは頑として聞き入れない。それどころか「迷惑でしたら持ち帰りますが」と眉を下げた。

（うう、その顔は狡《ずる》い）

滅多に食べられない食材に心の天秤《てんびん》がぐらつく。嬉しい気持ちと申し訳ない気持ちが右に左に揺れる。過度の遠慮も相手に失礼になると改めて礼を言うと、レヴィは嬉しそうな笑みを浮かべた。

「どうぞ、奥に入ってください」

店の奥にある居間兼台所に続く戸を開ける。自宅に人を招いたことは片手で数えられる程度だ。

自宅と店舗を兼ねている建物の多くがそうだが、一階の自宅スペースは狭くこぢんまりとした造りになっている。

右手側は貯蔵庫で、左側は台所兼食事場だ。

「お店にいるとお客さんに呼ばれて落ち着けないので今日はこっちで」

小さな窓から差し込む陽光で明るい台所兼食事場の中心は年季を感じさせる四人用のテーブルだ。使用してかなり経つが手入れを欠かしたことがない為、木肌には艶があり古さを感じさせない。昨年の秋口に買った足元用の厚手の敷布に目立った汚れはなく、綺麗な状態を維持できている。テーブルの奥にある流し付きの調理台と鉄製のオーブンレンジは店のものと比べるとだいぶ小さく使い勝手はいまひとつだが、流しの上にある窓から覗く裏庭の景色は一枚の絵のように美しくて気に入っている。

「こんな小さな家なのに台所が二つもあるっておかしいでしょう？」

「確かに飲食店で自宅の方にも台所があるのは珍しいですね」

「家を建てる時に父が母の為に作ると言い張ったらしくて」

話をしながらアデリエーヌは小花の散った薄緑色の壁紙が優しい印象を与える室内をぐるりと見回した。

そこかしこに両親を感じる。

気をつけて、と鉄製の石炭ストーブを指差してから「どうぞ」と言って椅子を引く。

ストーブの上ではやかんが細い口から蒸気を噴き出していた。

左手の壁に設置された大きな食器棚に目をやる。整然と並べられた瓶詰めの調味料と食器を含めた調理道具の類《たぐい》は一人で使うには十分過ぎる量がある。

この部屋の中で自分のものは棚の右側面に吊り下げられた布バッグと所々に飾られた観葉植物、それにレヴィに贈られた花を乾燥させて束ねたものくらいだ。

「両親が亡くなって十年も経つのになかなか模様替えをする気になれなくてそのままにしているから色々古くて、田舎の家みたいですよね」

「そんなことありませんよ。とても居心地がいいです」

クルクト鳩を防腐効果のあるサラマンジュの葉に包んで生ものを保存する氷箱に入れる。摘みたての花は水を注ぎ入れた細い硝子瓶に挿してテーブルの中央に飾った。

引き出された椅子の横に立ち、優しい眼差しで部屋を眺めていたレヴィはアデリエーヌに向かって言った。

「無理にやらなくてもいいと思いますよ」

「え」

「模様替え」

「……でも思い出にしがみついているのはよくないって、皆が……」

「どうしてよくないんでしょうね。痕跡くらい残しておきたいじゃないですか」

レヴィの言葉が胸に沁《し》みてジワリと広がる。

愛する人は永遠に失われた。記憶は時間とともに風化する。手元に残しておけるもの
は気が済むまで残しておけばいい。心がそれを必要としなくなるまでずっと。

(そっか、残しておいていいのか)

「俺は消してしまったけど」

ここではないどこか遠くを見る眼差し。彼も大切な誰かを亡くしていると直感が働く。

痛みを知っているから他人の心に寄り添えるのだろう。

「レヴィさんは優しいですね」

アデリエーヌの言葉にレヴィは頬を赤くした。

「え！　いや全然、俺なんて全然そんなことは……！」

「否定しかされなかったからそんな風に言ってもらえて嬉しいです。嬉しいからお礼を
割り増ししちゃいます！　すぐに準備するので座って待っていてください」

店のカウンターから料理を移動し、テーブルに並べる。温めておいたパイは花型の焼
き菓子と一緒に木皿に盛り、冬イチゴのジャムを添えた。

「レヴィさんご家族は？」

「両親と兄姉《きょうだい》が五人です。俺は六番目でとにかく手のかかる子供でした」

「やんちゃだったんですね」

「やんちゃというよりは出来の悪い落ちこぼれで、性格がひん曲がってたんです。優秀な兄姉たちへの嫉妬が凄くて。両親の視線を自分に向ける為に我《わ》が儘《まま》なことをして、周りには随分と迷惑をかけました」

誰の目にも映らない末っ子にとって癇癪《かんしゃく》は自分に注目を集める為の手段なのだろう。アデリエーヌにも覚えがあった。忙しい両親の気を引くのに靴やエプロンを隠してよく怒られたものだ。

「子供って皆似たようなものじゃないですか？　わたしも些細なことで癇癪を起こしましたし、奇声を上げて泣き叫ぶことなんて日常茶飯事でしたよ」

レヴィがふっと笑う。

「確実に三軒先までは聞こえていたはずです」

「俺のは癇癪なんて可愛いものじゃありませんでした」

彼が自分の身の上話をするのはこれが初めてだ。

パイと焼き菓子を盛った皿とティーセットをテーブルに並べ、レヴィの前に腰を下ろす。

「家族でも限度ってものがあるでしょう？　俺は度を越していたし、それにとても長かった」

二人同時にティーカップを手に取り、顔に近づけて香りを嗅ぐ。

レヴィの話をもっと聞きたかったが、彼は家族の話を続けたくなさそうだった。寂しさを滲ませた表情に申し訳なさを感じ、話題を変えることにした。

小皿にドゥラルキを二枚移して、レヴィに手渡す。

「美味しそうですね」

ドゥラルキにフォークを入れ口に運ぶ。

「トマトソースいります？」

「ありがとうございます、いただきます」

濃厚なトマトソースとドゥラルキは最高の組み合わせだった。皿はあっという間に空になった。

食事をしながら二人は色々な話をした。レヴィは城郭都市の外にある町や村について詳しく、事細かに話して聞かせてくれた。

アデリエーヌはあまりの衝撃に言葉を失った。

城郭都市内に比べると外の治安はひどいものだった。

バルデガッサの周囲に点在する村では酪農や農業が中心に行われているが、多くの村人が雇われの身分で食うにも困る生活を送っていた。

口減らしをしなくてはいけない村によそ者を迎え入れる余裕などなく、犯罪の少ない比較的平和な村も閉鎖的でよそ者に冷淡であった。

追い返される程度ならまだいい。

村人に騙され囚われの身となった女性が奴隷として売られるのをレヴィは幾度となく目撃していた。

分厚い壁に守られた世界を当然としていたアデリエーヌは己の無知に激しく落胆した。生まれてこの方、城郭の外に出ても警備隊の巡回する区域内で果物やキノコを採る程度で、他の街や村に行こうとさえ思わなかった。

(徒歩の場合、城門から出られたとしてもその先がない。村は怖くて近づけないし、他の街に頼りになる親戚もいなければ匿《かくま》ってくれる友人知人もいない。なんとかなるなんて、考えが甘かった)

ティーポットを手元に寄せる。

「レヴィさんも怖い目に遭ったりしました？」

「命からがら逃げ出したことはあります」

「そっか……レヴィさんでもなんだ。あ、お茶のお代わりはいかがですか？　果実酒で香りづけしましょうか？」

「紅茶に果実酒？」

「合わないようでいてこれが結構美味しいんですよ。果実酒、蒸留酒、醸造酒なんでもありです。お酒と一緒にシナモンや乾燥させたショウガを入れてもいいですし。食器棚にスパイスや香草類がありますから、好きそうなのを選んでください」

レヴィは立ち上がると食器棚を覗いた。

食器棚に添えたレヴィの手が布バッグを引っ掛けていたフックに触れる。その拍子にフックが根元から折れた。折れたフックの先端が木の床を滑る。

レヴィは謝罪の言葉を口にしながら慌てて落ちた布バッグに手を伸ばし——そこでアデリエーヌは思い出した。前日使った布バッグには招待状を入れっぱなしにしていた。

一秒遅かった。レヴィは布バッグから飛び出した招待状を見ていた。

「っ！」

レヴィが手を伸ばすより早くしゃがみ込み、招待状を乱暴に掴む。勢いあまって両方の膝を強く床についたが、痛いとは思わなかった。

（入れっぱなしにしていたのを忘れてたとか、バカじゃないの……！）

背中を丸めぎゅっと胸に抱き締める。招待状を見られただけなのに、頭の中が真っ白で動けない。

「アデリエーヌ？」

肩がびくりと跳ねる。

「こ……これ、は」

言葉をどうにか絞り出すがその先が続かない。

番候補は全部で五十人。アデリエーヌが選ばれる確率は五十分の一。四十九人は美しく着飾って豪華な食事を楽しく食べるだけ。四十九人からしたらただの食事会だ。過剰に反応する理由がない。

(隠していたってそのうち噂は広まる。後になって受け取ったのがわたしだと知られるくらいなら、受け取ったことを話してしまった方がいいのかもしれない)

二人の間になんとも言えない空気が流れた。

「これ……あの噂の招待状、なんです。わ、たし……番候補らしくって。配達先の間違いかなって思ったんですけど、ラレンがわたし宛てで間違いないって断言して。これ、凄いんですよ。魔法がかかっているからわたしにしか開封できないみたい」

レヴィは床に片膝をついた。招待状のことを考えるだけで背中が汗で湿った。丸まった背中を気持ちばかり伸ばす。

「信じられないでしょ。人族なのに番候補だなんておかしくて笑っちゃいますよね。同族とかエルフ族とかならわかるけど、わたし人族の平民ですよ。ホント、わたしにこんなものを送ってくるなんてどうかしてる」

「番は種族も身分も関係ないそうですよ」

「そんなのは嘘っ！　彼らからしたらわたしたち人族なんて底辺も底辺。番であろうがなんだろうが、人族にはどんな扱いをしたって許されると思ってるんだから……！」

どうしようもない憤りに自然と口調が強くなる。レヴィはアデリエーヌに視線を合わせると優しい声色で訊いた。

「誰がそんなことを？」

「誰がじゃないの……レヴィさん、わたしにはわかるんです。あの人は人族のわたしのことを絶対に受け入れたりしない」

そう断言する。断言してすぐに(失敗した)と後悔した。感情が高ぶって余計なことを口にした。冷静になると感情的に声を荒らげた自分が猛烈に恥ずかしくなった。

恥ずかしくて情けない。

アデリエーヌは様子を窺うようにそろそろとレヴィを見た。彼は信じ難いものが目の前にある、そんな表情をしていた。

左右色の違う目に釘付けになる。腕から力が抜けて招待状が落ちて床を滑った。レヴィはそれを拾おうと右手を伸ばした。

指先が封筒の端に触れた瞬間、バチン！　という大きな音とともに火花が散った。

「──っ！」

弾かれた手を反射的に後方に引く。反応が一瞬でも遅ければ腕が吹き飛んでいただろうことはアデリエーヌにもわかった。レヴィは無言で立ち上がると招待状からちょうど一歩分距離を取った。

アデリエーヌはレヴィの動きに合わせて顔を上げた。

「レ、レヴィさん……？」

体の横で握った拳を震わせていたレヴィは見たこともない表情をしていた。立っているのが不思議なくらい顔色が悪い。

「すみません、用事を思い出したので今日は帰ります」

レヴィは硬い声でそう言うと慌てて立ち上がろうとするアデリエーヌを一瞥もせず、足早に出て行った。

＊

レヴィが向かった先は近所の安酒場だった。ヘラジカの獣人である店主の背丈に合わせた天井は他の店の倍は高く、使い古した酒樽《さかだる》をテーブル代わりにした店には薄汚れた窓が一つあるだけで昼でも薄暗い。

飲食物と宿暮らしの労働者たちの体臭に混じって巻き煙草の臭いがする。どこもかしこも埃《ほこり》っぽく、空気が淀《よど》んでいる。平民を相手にした店で提供している品はそう多くはない。飲み物はエールと林檎《りんご》酒のみで、食べ物は肉料理が中心だ。

出入り口から最も遠いカウンターの奥の席に座り、エールを注文する。店内には顔見知りの姿がちらほらあったが、レヴィのピリついた空気に圧倒され声をかける者はいなかった。

(どうやってあんな術を)

忌々しげに舌打ちし、手を振り魔法の残余を払う。

アデリエーヌの小さく震える華奢な肩を思い出すとなんとも言えない気分になった。隠しているつもりのようだったが彼女は怯《おび》えていた。

怯えていた、一体誰に？

答えは簡単だ。

アデリエーヌは会ったこともない第三王子に恐怖していた。

カウンターに左肘をつき額に手を当てる。

(まさか……だが、あり得ない話じゃない)

嫌な予感はよく当たる。ただの憶測であればいい。だがもし、もしもそうでなかったら。痺れの残る手を凝視していると「どうした」と声をかけられた。

「怪我でもしたかい？　手当てが必要なら治療師を呼んでやるよ」

レヴィの右側に木製のジョッキを置き、溢れ出たエールで汚れたカウンターを布巾で拭く。店主は客の利き手や好みだけでなく職業や家庭環境まで正確に記憶していることで有名だ。

「いえ、必要ありません。それより道路側の部屋は空いていますか？」

ドラグランドでは酒場は宿屋を兼務している。宿屋は大抵酒場の二階だがこの店は建物の構造上、二階ではなく隣にある。

「ああ、前払いで五十二ギニーだ」

「とりあえず二十日分」

重ねた銀貨をカウンターに置く。店主は腰に吊り下げていた鍵の束を手に取った。銅製の鍵を引き抜いてレヴィに手渡す。

「どうも」

礼を言ったのと同時に鼓膜を響かせる大きな笑い声がした。店主は丸めていた背中を伸ばし笑い声のする方へ目をやった。顔を赤くした酔っぱらい客が「酒を持ってこい」と騒いでいる。同席した男が静かにさせようと諌めているが、男は興奮状態で聞く耳を持たない。暑くなったのか、椅子の上で着ている物を一枚ずつ脱ぎ始めた。他の客の視線が男に集中する。

「まったく、またあいつらか」

店主はうんざり顔で言いながらカウンターから出ると男たちに近づいた。酔っぱらい客の首根っこを片手で掴み椅子から引きずり下ろす。人族の酔っぱらいなど彼にかかれば赤子も同然だ。

説教をされている滑稽な姿に、あちらこちらから馬鹿にした声が聞こえる。酒の影響か店にいる誰もが楽しげで幸せそうだ。

まだ冷たいエールを一口飲む。口の中に広がる苦味。爽快感はあるが美味くも不味《まず》くもない。

黙々と飲んでいると戸の開閉を知らせるベルがカランと鳴った。入ってきたのは背に荷物を担いだ男だった。縁のない帽子を目深に被った中肉中背の男はレヴィに会釈程度に頭を下げると、無言で隣に座った。酔っぱらいを追い出し別の客と世間話をしている店主に代わって、ジョッキを磨いていた店員が男にエールを出す。男はそれを美味そうに飲んだ。店員が訊く。

「食い物は？」

「あー、そうだなぁ。羊肉の香草焼きを三人前くれ。よく焼きで味付けは濃いめ、野菜は添えなくていいから」

「はいよ」

注文を取ると店員は調理台の方へと移動した。二人の周囲から人がいなくなる。

「最近ねぇ、妙な噂を聞きましたよ。なんでもどこぞの商会が貴族連中に大金をバラ撒いているとかなんだとか」

カウンターに肘をつきジョッキをクルクルと回しながら男が唐突に話し出す。レヴィはほんの少しだけ男に顔を向けた。

「景気のいい話ですね」

「慈善事業じゃありませんからねぇ、もちろんタダなんてこたぁありませんよ。奴らどうも竜王陛下主催の晩餐会の招待状の行方を調べているらしいんですわ」

男の言葉に唇を歪め「へぇ」と笑う。

「しかし貴族には守秘義務があるでしょう？」

「高位の貴族の中には体裁を保つのがやっとってくらい生活に困窮しているのがいますから、大金をちらつかせられたらあっさりだったらしいです」

空になったジョッキを二つ、カウンターの上の台に置く。横幅一メートルはある大きな鉄板で肉の焼け具合を確認していた店員はすぐさまそれにエールを注ぎ入れた。

「どこぞの商会、ですか」

「さて、名前までは追えませんで。兄さんも噂が好きな質なんですねぇ。でしたらどこの商会かお調べしましょうかい——なんつって」

レヴィは男を真顔で見つめた。

「なんかすみません」

冷ややかな眼差しに男は反射的に真顔で謝罪した。誤魔化すように咳払いする。

「仕入れをしているうちに偶然耳に入るなんてことがあるかもしれませんやねぇ。その時は兄さんにも教えてあげまさぁ」

「なら滞在してはどうですか？　泊まり客なら部屋で飲んでも咎められません」

「お、そりゃいいなぁ。宿ってのは、この隣かい？」

「ええ。酒場からも出入りができますから便利です」

鍵を模した鉄の飾りを打ち付けた木製の戸を見てから、カウンターに置いた鍵を男の前に滑らせる。

「よければどうぞ。部屋は二階の一番奥、道路に面していますので表がよく見えますよ」

「こりゃありがたい」

「食事をするなら斜め前の店がおすすめです」

男はズボンのポケットに鍵を入れると、ゴクゴクと喉を鳴らしながらエールを飲み干した。ぷはっと息を吐き手の甲で濡れた口元を拭う。

三杯目を頼もうと空になったジョッキを持ち上げた時にはレヴィの姿はどこにもなかった。

三人前の肉料理を運んできた店員に三杯目を注文する。代金と引き換えに受け取ったジョッキと肉の皿を手に、宿屋に繋がっている戸を開け二階に上がる。

二階には向かい合う部屋が四室あった。どの部屋にも利用客はいない。

飾り気のない一枚板の戸を開けて部屋に入る。継《つ》ぎ接《は》ぎだらけの木の床、後ろへ少し傾いている椅子。使いかけの細い蠟燭。大きめの寝台とテーブルセットにかけられた布は色褪《いろあ》せている。人族の成人男性にはやや狭い部屋は清掃が行き届いており、洗濯済みの寝具は古くはあるが不快な臭いはしなかった。丸テーブルにジョッキを置き格子窓から外を眺める。

そこからは近所でも評判のパイ屋がよく見えた。

# ◇竜族の住まう国◇

オーク材で作られた幅広の執務机に高く積まれた羊皮紙の山の中から苦悶《くもん》に喘《あえ》ぐ声がして、赤茶色の髪を眉の上で切り揃えた細目の青年は手にしていた羊皮紙から顔を上げた。壁に添って設置された振り子時計に目をやる。時計の針はちょうど二時を指していた。

「皆さん、そろそろお昼にしましょう」

硝子ペンの先端を布で拭きながら補佐官たちに声をかける。一区切りつけた補佐官たちは「やれやれ、もうそんな時間か」「腹が減りましたね」「肉が食いたい」など思い思いのことを口にしながら部屋を出て行った。

「クレッシド様、戻られませんね」

自分の唸《うな》り声が昼の合図になっているとは思いもしていない見習いの青年が第一補佐官に向かって言う。

硝子ペンを木製のペン立てに戻しながら第一補佐官は彼に答えた。

「ああ、第三王子殿下に魔法使いたちの失踪の件でご相談があるとおっしゃっていましたから、時間がかかっているのでしょう」

クレッシドの執務机の積み重ねられた書類に目をやる。

第三王子に提出した報告書の中に、魔法使いの集団失踪事件についての経過報告書があった。数百年前、マナが失われつつあった地上から多くの魔法使いや魔導士がドラグランドやエルフの王国リーナベーゼへと住処《すみか》を移した。ドラグランドへ移り住んだ魔法使いたちがこの三年間で千人以上行方不明となっている。魔法使いや魔導士は古い時代より同じ場所に長く留《とど》まらず、世界中を旅していることが多い。それゆえに誰も魔法使いたちの失踪に気がつかなった。事件が明るみになったのは魔法使いになり独り立ちをした息子と連絡が取れなくなったという家族からの訴えだった。

最初、彼らの相談を誰も相手にしなかった。

彼らを過保護だと笑い、独り立ちしたばかりの魔法使いが音信不通になることなどよくあることだと言った。だが彼らは諦めることなく訴え続け、その声はクレッシドの元まで届いた。

「足取りも摑めないなんて異常ですよね」

魔法使いの主な収入源は護衛か魔道具の販売だ。どちらも仕事を受けるにはギルドへの登録が必須だが、直近での登録履歴がない。ギルドを介せず仕事を請け負うことはあるが、それにしても失踪者の数が異常だ。

「第一補佐官様はこの失踪をどうお思いですか？」

「領土内から出た形跡のない者で足取りが摑めない者たちが生きている可能性と魔法使いたちが反乱を起こそうと集まっている可能性は半々だろうと考えています」

魔法使いたちの反乱は各地で定期的に起こっている。いずれも魔塔に所属することが叶わない下級の魔法使いたちが自らの生活環境の改善を求めるもので、大抵は話し合いで解決していた。

見習いは髪と同じ薄桃色の眉を寄せると不安そうな顔をした。

「ただの反乱ならいいのですが、調査隊からの報告もないというのが不気味です」

クレッシドは配下の中でも能力値の高い百人を調査隊に抜擢し、国内外に派遣した。その半数からの連絡が途絶えて半月が経つ。

「追跡魔法も解除され探知魔法にもかからなくなりました。現状から推測すると全員死んでいると考えるのが妥当でしょう」

薄桃色の髪を首の横でひとまとめにした薄水色の目をした見習いは軽く握った拳を顎先に当てた。

「魔法使いと消えた調査隊を捜索する為に増員するとのことでしたが、捜すのは死体ですか？　それとも生存者？」

「どちらともです」

「残っているでしょうか」

遺体は、とはあえて訊かなかった。

「シド様はかき集めろと言われましたが……微妙なところです」

「危険だとわかっていて増員するなんて、クレッシド様らしくありませんね」

「気になることがあるようですよ」

見習いが首を傾げる。

「随分前のことになりますが、竜王陛下の図書塔から禁書を含む五冊の本が盗まれたことを覚えていますか？」

「はい。確か魔塔に所属する上位魔導士が数人の魔法使いたちと図書塔に忍び込み盗み出したとか。主犯格の魔導士以外は全員捕らえられ、盗まれた本のうち四冊は取り戻せたと記憶しています。逃亡していた魔導士が発見されたのですか？」

「二日前、盗まれた禁書を模写したものを闇市に出そうとしている男がいると密告がありました。会場に現れたところを捕縛し逃亡中の魔導士だと確認できましたが、尋問前に灰になってしまいました」

「灰に……圧伏の術の類でしょうか」

「シド様の話ではあれは沈黙の轡《くつわ》だそうです」

古《いにしえ》の時代に取引に多用されていた術の一つに、沈黙の轡と呼ばれる邪法がある。他者を意のままにする圧伏の術の中で最も非道と言われている術が使われたことに見習いは顔色を変えた。両手を執務机につき、わずかに腰を浮かせる。

「なっ、沈黙の轡!? 沈黙の轡って高魔力保持者が自分より能力の低い相手と契約を交わす時に使っていた術のことですよね。受け手側が依頼に失敗した時や何かしらの理由で依頼内容を口外しようとした場合に問答無用で命を奪うのだとか」

「その通りです。よく勉強していますね」

誓いを破った時の罰は厳しいが契約内容を漏らさなければいいだけのことだとドラグランド国内外で流行った時期がある。当初は問題視されていなかったが、かなりの数の死者が出たことで当時の魔塔主がこの術の使用を禁じた。

「灰になった魔導士は危険な契約とは知らなかったのでしょうか？」

「本人が死んでしまいましたからただの推測になりますが、多少危険でも依頼を受けざるを得ない状況だったのかもしれません」

「上位魔導士であれば自らにかけられた術を解けるのではありませんか？」

第一補佐官は呆れ顔で見習いを見た。

「高魔力保持者が自分より能力の低い相手と契約を交わすのですよ。君はシド様がかけた術を解けますか？」

ドラグランドには騎士団が十二団体ある。第三王子が率いる紅蓮の騎士団の副団長であるクレッシドは優れた剣士であり、魔導士でもある。他の騎士団長を上回る実力者と名高いクレッシドの術を破れるわけがないと見習いは首を横に振った。

「いいえ、無理です」

「そういうことです」

第一補佐官は執務机に両肘をつき、手を組んだ。

「盗まれたのは魔力の保有と増大に関するものでしたよね」

「ええ、それが引っ掛かってて、どうにも気になっているようです。シド様は盗まれた禁書と魔法使いたちの失踪とが繋がっているとお考えなのかもしれません」

クレッシドの勘は侮れない。これまで幾度となく助けられた。何かあると考えた方がいいだろう。

「それにしても長いですね。……あ、お茶」

「ん？」

「これだけ長くお話しされていたら喉が渇きますよね。お茶のご用意をした方がいいのではありませんか？」

第三王子は侍女が視界に入ることを極度に嫌っており、身の回りの世話は全て従者に任せている。だがその従者も常に傍にいるのではない。

「いや、お二人とも茶類は一切口にされませんから必要ありませんよ。おかしいですね、茶類の用意は不要だと仮配属の日に指導官から説明があったはずですが」

「え、あー……いや、あの……すみません」

ばつが悪そうに目を逸らす。

どうやら忘れていたらしい。

第一補佐官は肩をすくめると自身が補佐官室に配属になった日のことを思い返した。

指導官は第三王子とクレッシドは茶類を一切口にしないから飲み物を用意する時は水か果実を搾った物で、菓子も必要ないと言った。指導官の話に「世界で最も茶を飲む種族の、それも王族と上位貴族が茶を口にしないのは珍しいことだ」とは思ったが親類にも茶を苦手とする者がいた為、浮かんだ疑問はさらりと流した。

だがクレッシドと共に過ごすうち、彼が茶を苦手に思っているのではなく憎んでいるのだと気がついた。

嫌悪し憎むことになった理由について考えたこともあった。原因を排除できればと思ったこともある。しかし実際にそれを探る気にはならなかった。

できるだけ長くクレッシドの下で第三王子に仕えるには、ほんのわずかな疑心も抱いて欲しくなかった。

「第一補佐官様はクレッシド様が茶を口にしない理由を」

ご存知ですか、と聞き終わる前に第一補佐官は「しっ」と短く言うと、立てた人差し指を自らの唇に当てた。

「見習い君、君に忠告してあげる。今後も第三王子殿下にお仕えすることを望むなら、余計な詮索はしない方がいい」

口調こそ優しいが、第一補佐官の言葉には反論も否やも言わせない力があった。興味本位で詮索すれば失職するどころか国から追放される可能性もありそうだ。

一時の欲求の為に輝かしい未来を捨てるのは愚かなことだ。忠告を胸に刻んだ見習いは黙って頷いた。

＊

その頃、第三王子の執務室では後ろ手にしたクレッシド・バルベールが直立不動で第三王子の言葉を待っていた。

執務官長室の倍は広い第三王子の執務室は閑散としており、互いの呼吸音さえ聞こえない。気を紛らわせる為に室内を眺める。

複雑な柄の石床に敷き詰められた赤い絨毯《じゅうたん》。布張りのソファ、豪華なシャンデリア。

壁は白く天井は高い。壁の一面にはめ込まれた本棚に整然と並べられた本はどれも古く年代物だ。絵画や花瓶といった部屋を飾る類のものが一切ない為か、暖かな陽光の差し込む明るい部屋であるのに寂しい印象を受ける。

時が止まったままの部屋は、いつ来ても居心地が悪い。

（まるで海の底か墓場だな）

かつてこのレインスター城は一万種の花で満たされた美しい白亜の城であった。それがある年、第三王子の命令で外壁は黒く塗り直され、花という花は一本残らず引き抜かれた。城内を華やかにしていた美術品は宝物庫へ押し込められ、部屋を彩っていた明るい色の床や天井画は剝がされ薄灰色の無地の物に張り替えられた。

他者に感情を見せない第三王子に理由を問う者はおらず、皆が好き勝手な想像をし噂した。

補佐官長室の主であり第三王子の最側近であるクレッシドは様変わりした城にどのような感情も抱かなかった。机と椅子さえあれば十分だと変化を受け入れまるで動じなかった。

「今日明日中に引き継ぎをして明後日の早朝には出立しろ。期限は二十日間。報告を怠るなよ」

「よろしいのですか？」

思わず訊くと、椅子に浅く座り書類の束に目を通していた第三王子はぴくりと肩を揺らした。報告書を執務机に置き顔を上げる。目と目が合った。心にある深い闇がそっくりそのままそこにあった。生きる上で必要とされている生気や熱というものが大きく欠けた目をしている。

「二十は区切りだ。延期にするか否かは状況で決める。不満があるなら聞いてやる」

「いえ、滅相もありません。不満など……申し訳ございません。まさかこんなに早く許可をいただけるとは思っておりませんでした」

クレッシドは逃亡中の上位魔導士の死を耳にしてすぐ二つの事件についての報告書を一から読み直し、自分なりに検証をした。ありとあらゆる角度から見た結果、二つの事件が繋がっている可能性があることが浮上した。

そのことを誰にも話していないのは、高い地位にある者の関与が濃厚であった為だ。証拠も決め手もない推測の域を出ない話をすれば誤りがあった場合、自分だけでなく騎士団、ひいては第三王子の責任問題になりかねない。

自身の立場と言葉の重みをよく理解していたクレッシドは第三王子にだけ話し、自ら進んで国外の調査をしたいと訴えた。

（平民の命は安くて軽い。王族でも貴族でもない一般市民の失踪ごときに調査隊が投入されたことが前代未聞のことだった。さすがの第三王子殿下も俺が直接出ることは反対されるかと思ったが……まさかこうもあっさり許可してくださるとは）

後ろで手を組んだまま頭を下げる。

「ありがとうございます。引き継ぎの時間も十分です」

騎士団員も執務官たちも皆優秀で、自分一人が抜ける影響など微々たるものだ。長い年月をかけ、そういう風に育てた。

「――実は他の者を手配しろと命じられるかと思っておりました」

「それで済ませられるなら最初からそうしているだろう。消去法で考えた結果であればお前の判断に任せるまでだ」

抑揚のない淡々とした口調ではあるが冷たさは感じない。

（巷《ちまた》で噂されるような腹心にさえ心を開かない冷血漢であれば俺もどれだけ救われることか）

第三王子は懐から取り出した革袋をクレッシドに向かって放り投げた。

「各国で情報屋ギルドを使うならそれなりに必要になる。持って行け」

これといった特徴のない革袋の口を閉じている薄紫色の飾り紐を摘まむ。

（なんだ？）

指先で革袋を挟んで擦る。中身を感じない。

断りを入れてから紐を解き中を覗き見る。中身はなく、あるのは真っ黒な空間だった。

手を入れると指先が冷たい何かに当たった。摑んで引き出す。

「……」

手にした物に目が点になった。広げた手のひらに乗っていたのは黄金の塊だった。手のひらから顔を上げ、前後左右に顔を向けてから念の為ともう一度見る。

我に返るまでに数秒かかった。

(……この方はまた)

袋に金塊を戻して、口をしっかり紐で結ぶ。

数百年前まで広く流通し使用されていた収納袋は現代では竜族の最上位貴族でさえ手が出せない国宝級の宝だ。

竜族では生まれた子に親の持ち物を分与することが習わしとなっている。金と銀の塊、宝石、世界各国の硬貨が保存されている収納袋は第三王子が竜王から贈られたものの一つで、王族以外が持つことが許される品ではない。国宝を躊躇いもなく貸与する第三王子にクレッシドは眩暈がしそうだった。

(ここまで何に対しても執着がないのは問題だな)

「殿下、国宝を持ち運べるほど神経図太くありません。そもそも一貴族にこのような高価な品を貸与されるのはいかがなものかと思います」

天井に向けた両手のひらに革袋を乗せて第三王子に差し出す。

「お前は国から出られぬ俺の代理だ。些末なことを気にするな。それに――お前の調べようとしていることがこの先重要なものになるかもしれない」

立ち上がり真っ直ぐにクレッシドを見る。

「油断するなよ」

頷いて一礼してから部屋を出る。幅広の長い廊下には人けはなく静かだった。窓の外に目をやる。分厚い灰色の雲が空を覆いつくしていた。もうすぐ雨が降りそうだ。

(どの国から行こうか)

ドラグランドの民は出国時、最初に訪問する国名を申請することが決まりとなっている。魔法使いたちが目指した国の名前をいくつか頭に思い浮かべる。その中に引っ掛かる国の名があった。

(ルチアが行くと言っていた国が滅んだ後に建った国の名があったな。まずはあの国に行ってみるか)

## ◇崩れた平穏◇

パイ屋の店主が番候補との話は予想していたよりも早く、瞬く間に街中に広まった。

噂の出所で思い当たるのは一人しかおらず、探るまでもなかった。

（ラレン、あのお喋り坊主！）

わずか数日のうちに広まった噂のせいで恐れていたことが起こった。生き別れの兄弟やら父方の遠縁、両親に援助をしたことがあるという老人が次から次に店を訪れたのだ。

昼夜を問わない訪問に営業妨害で警備隊を呼ぶと警告するとすんなり引き下がったが、代わりに質の悪い客が増えた。

「あんたさぁ、お偉い人から招待状もらったんでしょぉ？」

パイをトレイに載せた髪の長い女が唐突に言う。壁掛けの時計に目をやって、アデリエーヌは奥歯を噛んだ。

（また出た。勘弁してよ。これで何人目？）

女は三十そこそこ。肉付きはいいが肌にも髪にも艶がなく、薄汚れたエプロンをしている。近所では見ない顔だ。

「三ギニーです」

「ねぇ、お礼の品はどれ？」

「はい？」

「だーかーらー、お礼の品！」

よく通る女の甲高い声が狭い店内に響く。

「お話の意図が分かりかねます、三ギニーです」

笑みを崩さないアデリエーヌに女は顔を歪めた。支払う気配はない。

「先にお礼の品を渡して。味を確かめてから買うかやめるか決めるから」

「さっきから何を言っているのか……つまり貴女は買う気がないということ？」

たかり目的であれば客ではない。そんな相手にまで丁寧に接してなどいられない。

「施しを求めているのならここではなく相談所に行ってください」

会話を遮る者はなく、会話は他の客に筒抜けの状態だ。冷たい返事に女はわなわなと震えた。日に焼けてそばかすだらけの顔がどんどん赤くなる。

「はあああ？　人を物乞い扱いするなんてあんたの人間性疑うわっ。馬鹿な上に底意地が悪いって救いようがないわね。あたしはね、あんたが礼をしたいだろうからってわざわざ来てやったのよ。本来なら違うの！　あんたが皆に配り歩くのが常識なの！　なのにあんたがいつまでたっても行動に移さないから、こうして出向いてやったんじゃないのさ！　あんた見るからに頭が悪そうだから教えてやるけど、いいことがあったらいつもありがとうございます日頃お世話になっていますって皆にお礼をするべきなのよ。覚えておきな、それが人付き合いの常識ってもんだよ！」

女の主張は聞くに堪えないものだった。

（どこの常識よ）

ここ数日で、絡まれることにはすっかり慣れた。木製のトレイを横にずらして、喚き散らす女を見据える。

「お礼を出す予定はありません。他の人に迷惑だから買わないのならさっさと出て行って」

きっぱりと言うと女はふんっと鼻を鳴らした。

「嫌よ、受け取るまで帰らない。あんたは一人で得をしてる、そんなズルが許されるわけないでしょ！」

「出て行かないなら警備隊を呼ぶわよ」

「なっ、なにこの女信じられない。皆！　聞いたでしょ。こいつ客を脅したわよ！」

最悪な店だと怒鳴りながらカウンターを叩く。

（誰が客よ、たかり目的のくせに）

両手を広げ、声を大にして店内の客に訴える女には異様な迫力があった。

「ああ、あんたじゃ話にならないわ！　竜族の関係者をここに呼びなさいよ！　こんな女、高貴な人には不釣り合いだって教えてやるっ」

ぜひそうしてもらいたいと言いたいのを我慢して、アデリエーヌは濡らした布巾を手に取った。

（騒ぎ続けるつもりならこれを顔に投げつけてやる！）

きっと睨んで布巾をきつく握る。

「どんな根拠があって支度金が出たって信じているのか知らないけど、そんなものは出てないわよ。全て竜族が用意してくれるから、わたしたちは迎えに来てもらって参加するだけ。自分たちで用意しなければならないものは一つもないの」

「嘘よ、この大嘘つき！」

「わたしの話をはなから嘘だと決めつけている貴女にわかってもらうつもりはないし、たとえ支度金が出ていたとしても誰にも関係ない。皆に感謝するもしないもわたしの自由。他人に強要される筋合いはない」

店内の空気は最悪だ。目を逸らす者、不快そうな顔をする者、感謝の気持ちを形にすることに賛同する者と様々だ。

きっぱりと言うと傍観していた客の一人が女の手首を掴んだ。ガーグから竜族だと聞いた商人の男だ。

「騒がしいな。お嬢さん、昼飯が不味くなるから黙ってくれ」

「なにすんのさ！　気安く触るんじゃないよっ」

「後ろを見ろ、皆待ってる。買う気がないならさっさと出て行け」

竜族の男は「ご馳走《ちそう》さん」と言うと喚き散らしている女を連れて出て行った。店内に残っている客に騒いだことを謝罪し、お詫びとしてパイを一つずつ配る。

最後の客を見送った後、店に施錠をしたアデリエーヌは戸に寄り掛かり天を仰いだ。

(営業を続けるのは無理かもしれない。いい加減疲れた……いっそ店を閉めちゃおうかな)

面倒ごとに巻き込まれるのを嫌った客も多く、微々たるものではあるが売り上げも落ちている。アデリエーヌが番候補だと知って近づく者より去る者の方が多い。常連客のおかげでなんとかなっているが、騒ぎが続けば敬遠する客はもっと増えるはずだ。

(毎日毎日騒ぎが起きている店なんて誰だって嫌に決まってる)

アデリエーヌが番候補と知ってからレヴィは店に顔を出さなくなった。狩人の仕事は森へ入ると数日、長ければ十数日街へ戻らないこともあると聞く。

だが、煩わしく思われたとしたら――。

彼はもう来ないかもしれない。

＊

バルデガッサ王国ガルダイル、グレブリュール地区五街区には同じ形の建物が並ぶ錬金術師通りと呼ばれる道幅の狭い通りがある。かつてここには何十人もの錬金術師が店を構え、数多くの魔道具を作り出しては世に広めていた。

建物を派手な色で塗り、奇抜な服を着て奇妙な物を作り出す彼らを他の地区の住人は変人と呼んで敬遠したが、前王は錬金術は国の財産であると支援し続けた。

しかし前王が病で崩御し王太子が即位すると支援金を減額し、やがて完全に打ち切った。マナと支援金を頼りにしていた錬金術師たちは次々と国から去った。一人二人といなくなり、通りに残ったのはわずか三人。

そのうちの二人も高齢を理由に近々引退することが決まっている。数年のうちに錬金術師はアデリエーヌの後見人であるデマリー一人になる予定だ。

彼らがいなくなったことで一時地区全体が廃れたが、空いた建物に窯を作る職人や秤《はかり》職人が入るようになると通りは賑わいを取り戻した。

（この短い期間で変われば変わるものね）

通り沿いの店を眺めながら緩い坂を上る。デマリーの店に顔を出すのも久しぶりだ。

(飢え死にしていないといいけど)

仕事に没頭すると飲食を忘れるデマリーの為、パンと焼き菓子とを用意した。パンに挟んだたっぷりのチーズと潰した卵は腹を満たすのに十分だろう。

デマリーの店は青銅のオイル灯のすぐ手前にある。風見鶏《かざみどり》のある三角屋根を見上げたアデリエーヌは太い煙突から立ち昇る黒い煙に眉根を寄せた。

(まさか、またなの⁉)

小走りに近づき、軽く握った拳で真緑色に染色された戸を強く叩く。

「デマリーさん！」

大きな声で呼びかけるが返事はない。

「デマリーさん、デマリーさんっ」

耳を澄ませる。静かだ。仕方なしに裏手に回り、陶器の植木鉢の下に隠した鍵を使って戸を開ける。部屋に充満していた煙が一気に流れ出た。

「どわぁ、臭ぁっ！」

猛烈な激臭を真正面から浴び、咄嗟に袖で鼻と口を押さえる。鼻を突く臭いに涙が滲んだ。

「うひぃ！」

悪臭にえずきながら窓を開け、室内の空気を外に押し出す。臭い臭いと騒いでいると、床の軋む音がした。

「どなた？　朝っぱらから騒がしいこと——あら、アデル」

気だるげな声は艶っぽく蠱惑的《こわくてき》だ。

「デマリーさん臭い！」

「失礼な。私のどこが臭いと」

「違います、お店の中が酸っぱ臭いですっ。窒息する！　なんで平気なの、なんで換気していないの！」

大声で文句を言いながら階段へと顔を向けると、薄手の肩掛けだけを羽織った全裸のデマリーと目が合った。

腕のいい錬金術師であるデマリーは派手な顔立ちをした美女だ。目尻の垂れた大きな目を強調する長い睫毛、ぷっくり膨らんだ涙袋。寝起きなのだろう、膝まである長い夕日色の髪はぼさぼさで、丸い額は剝き出しになっている。

上下に揺れる豊かな乳房、細い腰、長い手足。下ろした髪が大切な部分を絶妙に隠していた。

（これまた上手い具合に）

しばらく凝視した後、我に返ったアデリエーヌは工房のカーテンを慌てて閉めた。

「朝じゃないし、なんでまた裸なんですか！」

「裸ではありません」

「それは服ではありません。ほぼ丸見え全開です」

「減りませんよ？」

「減ったら怖い」

「確かにそうですねぇ」

大きな欠伸《あくび》をしながらソファに腰を下ろし、背もたれに力なく寄りかかる。デマリーは錬金術師としては優秀だが成人女性としては欠点だらけだ。

だらしなく、生活能力は皆無に等しい。眠気を覚えれば店の汚れた床でも階段でもお構いなしに眠ってしまう。

「全裸のままくつろがないで！　はいはい、寝ない！」

「固いことを言わないでくださいな」

わずかに首を傾げて妖艶に微笑む。紅を塗っていないのに赤い唇はふっくらとしており、白い肌に映えていた。大人の女性の色っぽさに同性ながらうっかり見惚れていると、デマリーは体勢を変えてほどよく肉のついた足を組んだ。

「も、もうっ！　服を持ってきます！」

二階に駆け上がり、ハンガーにかかった黒い布を手に取る。

（ワンピースでいいか。ワンピース、ワンピースっと……ワン——これ服？　布地が極端に少なくないか。あれ、なんで腰が紐なの。普段から露出度の高い服を着てるけどもはやこれは裸。えっと、まだこっちの方がいいかな）

服と下着を適当に選んで戻ると、デマリーは肘置きに体を預け自らの腕を枕にして舟を漕《こ》いでいた。うたた寝する姿が無駄に美しい。

「お待たせしました！　さ、着ましょう！」

「見せて恥ずかしいものではありません」

「自信満々に言い切った！　いやいやそうじゃなくて。デマリーさんは困らないのでしょうけど見た人が困るんですよ。この違い分かります？　結構大事ですよ」

渋るデマリーに比較的布面積のあるワンピースを着せ、髪を肩の辺りまで緩く編む。

「竜族から招待状が届いたそうですね」

手近にあった椅子を引き、アデリエーヌに座るよう顎で促す。

「相談に来るのが遅くはありませんか」

アデリエーヌにとってデマリーは後見人というだけの存在ではない。親であり姉であり、人生の師でもある。ほとんどのケースでデマリーはアデリエーヌを正しい道に誘導してくれた。導き手と言っても過言ではない。

「相談していいものか迷って」

「あら、生意気な。相談に乗るか乗らないかを決めるのは私であって貴女ではありませんよ。自己判断は百万年早い」

アデリエーヌの頬をきつく摘まんで捩《ねじ》る。

「いひゃい、いひゃいれす。ほっぺちひれちゃう。ほんろ、ふみまへんれす」

「反省しまして？」

「ひました、ひましたから！」

何度目かの謝罪でようやく気が済んだのか、デマリーの手が頬から離れた。ジンジンと痛む頬を擦る。

（酷い！　頬肉をちぎる気だった、絶対やる気だった！）

遠慮も容赦もない人だ。

「持っているのならさっさとお出しなさい」

圧に負け籠の奥底から招待状を取り出す。傷一つない招待状は新品同様だ。それをテーブルに置くとデマリーは不快そうに唇を歪めた。

「気味の悪い招待状ですこと」

体を前に乗り出し、招待状を真上から見る。

「教本に載っていそうな綺麗な術式ですね。新しいものと古いものを上手く組み合わせて使っていますね。見た感じでは術者は魔塔に属する中級以上の魔導士でしょう」

分析しながらゆっくりと手を伸ばす。

「あ、気をつけてください。守りの魔法がかかっているみたいで、触るとバチンって弾かれます」

注意するとデマリーは慎重な手つきで招待状の端を摘まんだ。

「あれ？　変ですね、レヴィさんの手は思いっきり弾かれたのに」

「守りの術など錬金術師には効果がありません」

「え、錬金術師凄い」

「嘘です。開封しようとしなければ発動しないのでしょう」

「もう！　さらっと嘘つかないでくださいっ。信じちゃうでしょ！」

からかわれた悔しさに唇を尖らせ、頬を膨らませる。デマリーはうふふと笑うと垂れた髪を耳にかけてから招待状の表面を手のひらで撫でた。

「あらまぁ、なるほどね。気味が悪いと感じたのは魔導士とは別の誰かが呪いを複数個無理やりねじ込んだからですね。軽く覗いてみましょうか」

「そんなことが⁉」

「錬金術師にとっては容易いことです」

「錬金術師って天才なの？」

「嘘です。私だからできるのですよ」

「くっ、また騙されたっ」

デマリーは楽しげに笑いながら姿勢を正すと招待状を両手で挟み、深く息を吸い込んだ。吸った息を数十秒かけて吐き出す。緩く上がっていた口角が下がり、表情から笑みが消えた。風もないのにデマリーの髪がふわりと浮き上がった。

剝き出しの額に汗が滲む。表情が徐々に険しく苦しげなものになった。室内の家具や雑貨がカタカタと音を立て揺れ始めた。招待状が七色に輝き、淡い光の粒が周囲に舞う。デマリーは低い声で苦しげに唸った。

珍しく余裕がなさそうだ。

「デ、デマリーさん無茶しないで」

床が揺れて雑に詰め込んだ本棚から本や錬成道具が落ちる。立て続けにする落下音にアデリエーヌは体を縮こませた。

「魔導士たちのものとは比べものにならないくらい精度が高いわ。強度もまるで違います。第三者のかけた呪いに比べると、他のものは子供のお遊び程度に感じますね。あらぁ、これはちょっと厳しいかもしれないわ」

変わらぬ口調でそう言うと、デマリーは一旦術を解いた。髪は乱れ、顔には疲労の色があった。立ち上がり、適当に髪を整える。

「どれがいいかしらねぇ」

ブツブツと言いながらデマリーが用意したのは透明な硝子箱だった。一本脚の円形テーブルに移動し、アデリエーヌを手招きする。デマリーはテーブルに指先で魔法陣をさっと書くと、招待状を入れて蓋をした硝子箱をその中央に置いた。

「その場を動かないでください」

「は、はい」

デマリーが両手をテーブルに乗せると魔法陣から光が溢れ出た。大小様々な光の粒が火花のように弾けては消える。

先ほどの光とは比べようもないくらい眩しい。

（うわぁ……！）

魔法陣が発する風に吹かれて二人の髪と洋服がバザバサと音を立てた。

招待状から溢れ出た異国の文字や数字が宙を舞っている。幻想的な光景だ。あまりの美しさにうっとりと見惚れる。

（なんて綺麗なの）

数十秒、二人は光と蝶《ちょう》のように舞う文字の中にいた。外界と完全に隔離された無音の世界はアデリエーヌに恐怖ではなく安らぎを与えた。神経に突き刺さった棘が引き抜かれ、気持ちが穏やかになる。

呆《ほう》けているアデリエーヌとは対照的にデマリーは息も絶え絶えだった。名高い錬金術師であるデマリーでさえ幾重にも重ねられた防護魔法を突破するのは簡単なことではなかった。こめかみからは脂汗が流れ、首筋に浮かび上がった血管は今にも破裂しそうだ。唇を小さく動かし呪文を唱える。やがて箱の内部がカタカタと揺れ出し、透明の箱が黒く変色した。

不安をかき立てられる禍々《まがまが》しい色から目が離せなくなる。

宙を舞っていた文字が渦を巻きながら蓋に吸い込まれていく。蓋の表面に黄金色の文字が浮き上がり明るく輝いた。

息を吐き肩から力を抜いたデマリーは手の甲で額の汗を拭うと、硝子の蓋に指先を滑らせた。

「招待状に組み込まれていたのは捜索系の呪いの類ですね。ほら、ここ。この浮き上がっている部分。これは魂の遡りと特定を意味します。かなり古い術式ですから私も使われているのを目にしたのは初めてですが、間違いないでしょう」

デマリーの言葉を声に出さず心の中で反芻する。

(捜索系……遡りと特定。え、特定？　特定ってどういうこと？)

言葉の意味を考えていると文字をなぞっていたデマリーの指が止まった。デマリーは言いづらそうに顔を顰めた。

「アデル、貴女招待状を受け取った時、遠い昔の記憶に触れませんでしたか？」

思わぬ質問に返答に詰まる。アデリエーヌの顔からは血の気が引いて、横に結んだ唇が震えた。

　デマリーは中途半端な関わり方を決してしない。はい、と返事をしたらどんなことを思い出したのか訊かれるだろう。話をすれば巻き込むことになる。

　自分勝手で自由気ままな猫のように振る舞っているがそれは仮初めの姿だ。彼女はアデリエーヌに対して深い愛情と強い責任感を持っている。苦しみを打ち明ければきっと手を貸してくれるはずだ。

　たとえ自分の人生を犠牲にしたとしても。

（だから余計に言えない）

　しらを切ろう。どうにか誤魔化して家に帰ろう。そうしなければいけないのに、適当な言葉が浮かばない。

「貴女、第三王子の番なのではありませんか？」

　アデリエーヌの両肩がびくりと跳ねる。

「た、確かに昔の……前世のことは思い出しました。だからってなんで、わたしが番だなんて――……っ」

「理由は二つありますよ。一つ目は術式からこの呪いが第三王子の番の魂を捜す為のものだと読み取れること。二つ目は呪いが発動していること」

　デマリーから招待状に視線を移す。

「わたしの他に招待状を受け取った人たちだって可能性が」

「ありませんね。貴女、私が教えたことをすっかり忘れてしまったのね。呪いというものはどんなものであれ術が発動するには条件があるのですよ。この術の発動条件は第三王子の番だということです」

こめかみを殴られたような衝撃にアデリエーヌは目を剝いて後ずさった。床に置きっぱなしにしていた鉱石に踵が当たってよろける。

「連動式のこの呪いが全て発動しているということは、貴女がその対象だということです」

最初の術は招待状を受け取ったことで発動した。二番目の術はその五十人の中から第三王子の番の魂を捜し出し、三番目の術は前世の魂と今世の魂とを結び直した。魂が繫がったことでアデリエーヌは前世の記憶を取り戻すことになった。

デマリーの説明にアデリエーヌは眉を下げ苦笑した。

「……デマリーさんは意地が悪い。わかっていたなら疑問形で訊かないでよ」

「あら」

二人の間に沈黙が落ちる。室内は不自然なほど静かだった。唾を飲んで短く息を吸う。

「そうですよ、わたしは第三王子の番でした。あの人に殺されるまでのほんの短い期間でしたけど」

デマリーの表情が曇る。

「殺された？」

瞼を伏せこくりと頷く。

「だから誰にも内緒でここから逃げ出そうと思ったの。検問とか色々あって、結局出られなかったけど」

「殺された理由は？」

訊かれて無言で首を横に振る。

「アデル」

痛ましい声にもう一度首を振った。

「二百五十年前のことを話してください」

「話せません」

デマリーはアデリエーヌの細い二の腕を掴んだ。

「アデル」

「だって」

「話しなさい。貴女には私の手が必要でしょう？」

デマリーの言葉はアデリエーヌの深く冷たい闇に差し込んだ一筋の光のようだった。

手を伸ばして掴んでしまいたくなる。

助けて欲しいと言葉にするのはとても難しいことだった。下手をするとデマリーの平穏な人生を台無しにしてしまうかもしれない。

時間だけが過ぎていく。

迷いに迷ったが、アデリエーヌは自分が思い出した限りのことを話すことにした。思い出したことを言葉にするのは初めてだった。声に出すと輪郭の薄い記憶に色がついて鮮やかになった。

淡々と語ったアデリエーヌは悲しげな笑みを浮かべた。

「デマリーさん、知ってます？　番は魂の半分なんですって、半分。その半分を第三王子は部屋に閉じ込めて殺したの。番迎えの儀をさせないで何年か放っておけば勝手に死んだのに、わざわざ侍女に毒入りのお茶を入れさせたのよ。世の中に広まってる物語は全部嘘っぱちなの」

「アデル……」

「今のわたしと昔のわたし、違うのは身分だけでほとんど同じなんですよ。名前も容姿も種族も同じ。あの人が嫌ったわたしそのまんま。あの人がわたしのことを覚えていたら驚くと思いますよ。わたしを見たあの人がわたしをどうするかなんて考えなくてもわかりますよね」

生まれたその日から見守ってきたアデリエーヌが孤独の中で息絶える姿を想像すると

デマリーの胸はズキズキと痛んだ。

頬に手を当て深いため息を吐く。

「業が深いとは思っていたけれどこれほどまでとは」

一本脚のテーブルの周りをゆっくりと歩く。踵の高い靴が床を叩く音が響いた。

「一つずつ確認させてください。まず貴女が第三王子を含めた竜族に歓迎されていなかった理由から。前世の貴女は竜族側から望まれて迎え入れられたはずなのに、彼らの態度は歓迎からはほど遠かった。貴女はそれが貴女個人というよりは、人族が階層組織の最下位だからだと思っていた」

返事の代わりに結んだ唇を真横に引く。デマリーはテーブルを挟んでアデリエーヌと向かい合うと、腕を組んで左足に体重をかけた。

「私が思うに、実際はそれだけが原因ではないでしょう。古い時代のことですが竜族を筆頭とした他種族は人族を嫌悪していました。いいえ、憎悪に近いかもしれません。人族は昔、地上の全てを欲し支配を目論んだことがあります。世界を統治している貴き種族に牙を剝いたのです。ありとあらゆるものを手中に収めようと他の種族に戦争をしかけ、多くの罪のない者を殺し奴隷の身分に落としました。人族には魔力も強い力もありませんでしたが、奸智《かんち》にたけていたんです。侵略は順調に進みましたが、何事にも終わりは来ます。竜族は戦争を起こした大国を地上から消し去りました。私たちにとっては何百年も昔の亡国の話ですが、寿命の長い種族からしてみたらそうではありません。竜族の人族に対する認識は変わらなかったのでしょう。彼らからしたら、さほど昔の話でもありませんからね。嫌悪の理由はまだあります。竜族の王族が人族から番を迎えるのは今回で五度目だということは？」

「カーリーさんに聞いて図書館で調べました。他の国の言語で書かれていたから挿絵を見ただけで、詳しい内容まではわからなかったけど……」

「王族の番迎えが記録に残されるようになったのはおよそ五百年前です。人族との最初の婚姻ですが、これについては記述がなく番が食い殺されたとしかわかりません。次はそこから百年後。人族の男は私利私欲の為に竜族の妻を利用して世界中から財を集めさせ、小国ラスルを滅ぼしかけました。悪事が露見した時、男は何人もの女性を囲っていてね。妻は愛されていなかったことに病んで心を壊し、死んでしまいました。三番目は大国の王城で魔術を研究していた男でした。研究の為に何人もの竜の子を攫って殺し、血肉を実験に使いました。竜族の妻は男の犯行を手助けし、証拠を隠蔽し……露見して男は自室に吊るされることに。残された妻は罰として生涯牢獄に繋がれることになりました。彼女は死ぬことも許されず未だに牢の中でしょう」

「子供を使う研究？」

「若返りの薬ですよ。竜が男を番と認めた時、男はすでに五十を超えていました。若く美しい貴女に釣り合う為だという甘言に簡単に騙されてしまったようです」

分厚い本の挿絵を思い出す。冷たい石の台に並ぶ子供たちの亡骸。凶行に走る男を番の女はどんな思いで支えていたのだろうか。

（そんなことがあった後なら、歓迎されるはずがない。でもそれならなぜわたしのことを最初から監禁しなかったの？　どうして交流を持つようなことを——）

突如浮かび上がった恐ろしい想像に顔が険しくなった。

（誰にも会わせようとせず部屋に閉じ込めたのは疎んでではなく、わたしが問題を起こしたからだとしたら）

頭の中で様々なことが錯綜《さくそう》していた。

「デ、デマリーさん、わたしが城の人たちに避けられていたのは人族に対する嫌悪からで……で、でもわたしが……あ、あんな風に殺されたのは、罪を犯した人たちとわたしが同じだったからだとしたら辻褄《つじつま》が合いませんか？　わたしも誰かを誘拐したり、殺したりしたんじゃ……あの頃のわたしは、竜族に害悪だと判断されるようなことを目論む人間で。王子は庇うことを諦めて、仕方なしに毒を盛ったのかもしれません。殺されて当然の人間だったのに、なのに自分に都合のいいように思い出しているのだとしたら」

考えれば考えるほどに蘇った記憶が疑わしくなり自信が失われていく。アデリエーヌの仮説にデマリーが戸惑ったのはほんの一瞬だった。

「記憶は本人の受け取り方でいくらでも形を変えますから、無意識に改ざんしたということはあり得ない話ではありません」

「やっぱりわたしは誰かを」

「答えを出すのはまだ早いわ。断定するには何もかもが足りませんし、今の段階ではなんとも言えません。──ところでアデル。一つ確認したいことがあるのですが、貴女これを受け取った後どうしました？」

アデリエーヌは目をしばたたいた。

「──え……どうって、別に」

唐突な質問にアデリエーヌは招待状を見てごくりと喉を動かした。デマリーの長い爪が箱の表面を撫でる。浮き上がった呪いの中に花のような印があり、五枚の花びらの一枚にはヒビが入っていた。

「だ、暖炉に……」

手元から消したくて衝動的に炎に投げ入れた。燃やすことに意味はないとわかっていたが、目の前にあることが耐え難かった。

デマリーは「なるほど、謎が解けました」と呟いた。

「魂を繋ぐ遡りの術は招待状を開封することで発動しましたが、居所を特定する呪いの発動条件がどうしてもわからなかったんです」

「あの、もしかして……これにかけられていた術って世界中に散らばった五十枚の招待状のどれが発動してどこにいるのかを特定するものだったりしますか？　それで、それってわたしが炎に投げ入れて焼いたから術が発動したとかだったり」

震える声にデマリーは長い睫毛を伏せ静かに頷いた。

アデリエーヌは悲鳴を上げかけて慌てて口を閉じた。得体の知れない恐怖に背中が粟《あわ》立《だ》つ。

招待状は大多数の人にとっては運命を変えるかもしれない宝の手紙だ。第三王子の番であったら長い寿命と豊かな生活が保証される。

黄金にも勝る招待状を粗雑に扱うのは前世のことを思い出した番くらいなものだ。

「……招待状を持っているだけだったら居場所も、前世のことを思い出したってことを知られずに済んだってこと？」

「そういうことになりますね」

震えの為に音を立てる奥歯を噛んで、煤《すす》で汚れた床に視線を落とす。

（なんて馬鹿なことをしたの……！）

苦悩に呻く。街の外に出たからといってどうなる話でもなかった。後悔しても後の祭りだ。居所を特定されて恐怖にすくみあがっているアデリエーヌにデマリーが言う。

「しかし妙ですね。発動条件というのは一般的には簡単なものにするんですよ。例えば触るとか開封するとか。ここまで受ける側の行動に賭けたものは見たことがありません」

「……そっか。確かにデマリーさんの推測通りなら、術者の望む行動を取らない確率の方が高いですよね」

デマリーは腕を組むと窓際に置いた細い背もたれの椅子に腰を下ろした。

(術者は番が恐怖や嫌悪から思わず手元から消そうとするだろうと推測していたことになります。予測できていたからこんな発動条件にした。これは別の目的が隠されていると考えるのが妥当でしょうね。アデルに話しておくべきかしら。悩ましいわ)

デマリーはアデリエーヌの視線からわざと顔を逸らした。

(これについてはよく考えてからにしましょう。もう一つの疑問の方が先だわ)

「理解できないことはまだあります。貴女を探し出したい誰かはなぜ、晩餐会の前に動き出したのでしょうか」

「早く見つけ出す為？」

「客観的に考えてみてください。罪の有無に関係なく前世で自分を殺した人が近くにいたら普通どうしますか？」

訊かれて弱々しく答える。

「逃げ、ます」

「そう、多くの人は逃げることを選びます。相手が自分より弱者で勝ち目があれば戦うという選択肢もあるでしょうが、そうでなければ逃げるんですよ。不幸せな生活を送っていたのだとしたら尚更《なおさら》、竜族には捕まるまいとします。晩餐会より前に前世を思い出したら番は逃げる。私たちにだってわかることを術者がわからないはずがありません。逃がさない自信があったとしても、そんな面倒なことをしますかね。アデル、この呪いはとんでもないものなのですよ。複雑なだけではなく膨大な量の魔力を必要とします。そこいらの魔力持ちがおいそれとかけられるようなものではないのです。そうね、魔塔に所属している最高位の魔導士が己の持つ全ての魔力を注いでもかけられるのはせいぜい十日に一枚。一気に五十枚にかける為にはそれだけの魔力を保有しているか、最低でも魔導士を五十人集める必要があります」

魔法について自分は無知だが、デマリーの言っていることは理解できる。竜王や魔塔主に知られずに五十人の魔法使いを関わらせることなど王族でも不可能だ。

「晩餐会の後、どこの誰が第三王子の番なのかを知ってから遡りの術をかけた方が楽ではありませんか？　なのにあえてそうしなかったのは晩餐会より前に番に前世のことを思い出させて特定する必要があったからだと考えられます」

確かにそうだ。

（晩餐会より前に特定する理由……）

手元にある情報を繋ぎ合わせて考える。脳裏に思い浮かんだのは冷たい眼差しをした第三王子の姿だった。

「きっとこの呪いをかけたのは第三王子ですよ。晩餐会の前に自分の番がどの種族なのか確認したかったの。事前に人族だとわかっていたら排除して、晩餐会に参加できないようにしたくて！」

「事前に排除ですか……」

デマリーは椅子の横に乱雑に積み上げた本に肘をつくと、手の甲に顎を乗せた。

「では死んだ番の記憶を次の番に思い出させたい理由はなんなんでしょうね」

「え？　えっと、それは……罪を認識させる為、とか」

「罪人説は可能性の一つなだけですよ。私は貴女がそうだったとは考えていませんけどね」

アデリエーヌはデマリーの言葉に首を傾げた。

「貴女、護衛どころか侍女の一人も国から連れて来られなかったのですよね？　ドラグランドでは第三王子が用意した護衛や侍女からは距離を置かれ、会話らしい会話はなかった。貴女には貴女の命令に黙って従う使用人はただの一人もいなかったのに、どうやって大勢の竜族が憎悪するような悪事を働けたのでしょうか。他者に危害を加える手段は限られています。自らの手でするか、自分以外の誰かを利用するか。貴女の置かれた状況的にそのどちらも難しかった。貴女の仮説は貴女に絶大な権力があり、手足となる第三者がいないと成り立ちません」

デマリーの疑問は尤《もっと》もだ。侍女も護衛も第三王子に従って仕えていただけで、アデリエーヌに忠誠を誓ったわけでも、心を寄せてくれたわけでもない。

クレッシドとルチアは気心の知れた親しい友人だったが、アデリエーヌの要求に唯々諾々と従うことはなかった。

「とにかく。残された時間はあまりありませんが誰がどんな理由でこのような呪いを招待状にかけたのかを調べる必要がありますね」

＊

（ああ、これは夢だ）

高い所から空に浮かぶ小さな浮遊島を見下ろしていたアデリエーヌは自分が夢を見ているのだとすぐに気がついた。

一時間もあれば一周できてしまいそうな小さな島は色とりどりの花が咲き乱れ、緑の葉を風に揺らす木には赤いリンゴの実がなっていた。透明な水が流れる小川で水浴びをする小鳥たち、草原では四つの尾を持つ猫が優雅に毛づくろいをしている。

美しい毛並みの黒猫には気品のようなものがあった。両手を前について大きく伸びをした黒猫はアデリエーヌにちらりと目をやるとゆったりと歩き出した。なんとはなしにその後をついて歩く。出入り口のない透明な硝子のドームを一周すると、黒猫は細い声で「にゃあ」と鳴いた。

鳴き声に合わせて景色が一変する。

宙に浮いていたはずのアデリエーヌはドームの中に移動していた。がらんとした内部は暑くもなければ寒くもない。

あるのは静寂だけだ。

硝子の向こう側にいる猫を見ると、黒猫はアデリエーヌではない別の場所を見ていた。瞬きもせず、一点を凝視している。辿った視線の先にあったのは大理石の台座だった。なにが乗っているのだろうと目を細めた瞬間、目の前が明るく光った。眩しさに咄嗟に目を閉じる。

光が消えるまではほんの数秒だった。恐る恐る目を開けた時にはアデリエーヌは台座の数歩手前にいた。

台座に乗せられていたのは花を満たした硝子の棺だった。棺の向こう側には黒いマント姿の男がいた。夢だとわかっているせいか突如現れた男になんの疑問も驚きもない。フードを目深に被った男は腰を折ると硝子の棺を覗き見た。色とりどりの花で満たした棺に横たわるのは一人の少女だ。

少女は薄い若草色のドレスを身に纏っていた。両手は繊細なレースで飾った胸元の上で組まれている。肩にかかった緩く波打つ金髪は輝きを失っていない。ぴたりと閉じられた瞼、結んだままの唇。棺の中の時は完全に止まっている。

よく知った顔だ。誰よりもよく知っている顔。

少女を守る分厚い硝子蓋を押しどけた男の手が頰に触れる。

瞬間、少女の肉は爛《ただ》れ骨となり灰になって消えた。棺に残ったのは色鮮やかな花だけだ。男は微かに震わせた手で拳を握ると、それを棺の縁に叩きつけた。棺は割れて木《こ》っ端微塵《ぱみじん》になった。

四方に飛び散った硝子片は大理石の床に落ちると同時に火花を飛ばした。火花は火の玉となり、火の玉はドーム内を火の海に変えた。一面に広がった炎の凄《すさ》まじい熱風に息ができない。熱い、まるで竈《かまど》の中だ。すぐにでも逃げ出したいが足が大理石の床に焼き付いてしまって動けない。

アデリエーヌは男を見た。男は轟々《ごうごう》と燃え盛る炎の中で肩を丸め、深く項垂れていた。硝子の割れる音があちらこちらからする。高温に台座はすでに塵《ちり》と化していたが、男は焼けてはいなかった。男はゆらりと肩を揺らすと、フードで隠した顔をアデリエーヌに向けた。下からの熱風に煽《あお》られて男の顔が露わになる。憎悪に顔を歪めた男の薄い唇が動く。

男の言葉はアデリエーヌを恐怖の底に突き落とした。

アデリエーヌは悲鳴とともにソファから飛び起きた。空気を貪るように吸いながら、炎を払おうと頭や腕を必死に擦る。顔の表面が焼けてひりついている。喉が焼けて痛い。目覚めたばかりで夢と現実の区別がつかない。

どこもなんともないことを確認してようやく手を止められたが、激しい動悸《どうき》は易々《やすやす》とは治まらない。呼吸を乱しながら部屋の中を見る。薄汚れた床とそこらじゅうに放置された錬金術の材料。微かに残る悪臭――決して清潔とは言えないデマリーの店にいることが心底から嬉しい。

鼓動を落ち着かせようと胸を上下に擦る。体を動かした拍子に店に置き忘れていたアデリエーヌの膝掛けが胸元から床に落ちた。

額の汗を袖口で拭い、両手で顔を擦る。立ち上がるどころか落ちた膝掛けを拾い上げるのも億劫《おっくう》だ。

生々しい悪夢だった。あれほど現実的な夢を見たのは久しぶりだった。あまりに鮮明で、実際に存在している場所のような気さえする。

疲労感にしばらくの間ぼんやりとしていると、天井が軋む音がした。足音がする。デマリーはどうやら自室にいるらしい。

壁掛け時計を見る。店を訪れてから一時間も経っていなかった。

床に広がった膝掛けを拾い上げ、たたんでソファの背もたれに掛ける。ふと人の気配を感じて顔を上げると錬金釜の前に男が立っていた。夢で見たあの男だ。男は炎に包まれていた。男の顔に目が釘付けになる。視線を外したくても外せない。

「第三王子殿下……」

無意識のうちに呟くと第三王子はアデリエーヌを真っ直ぐに見据えた。夢で見たのと同じように唇が動く。

彼は再び言った。

「必ず殺してやる」

＊

二階の研究室で招待状にかけられた呪いを分析していたデマリーはアデリエーヌの悲鳴が聞こえた気がして、転げる勢いで狭い階段を駆け下りた。

アデリエーヌは工房の片隅に体を小さく丸めてしゃがみ込んでいた。工房にいたのは彼女だけで他には誰もいなかったが、あちらこちらに魔力の残滓《ざんし》らしきものがあった。

慎重な足取りで近づき声をかけると壁に寄せていた顔をこちらに向けた。

すすり泣くアデリエーヌの顔に思わず両手を伸ばす。柔らかな頬に触れて驚いた。

アデリエーヌの頬は氷のように冷たかった。

＊

怯えるアデリエーヌから何があったのか聞き出したデマリーは自分の家で同居することを提案した。現段階では竜族に対抗もできないし策もない。だがあの家に一人でいさせることはデマリーにはできなかった。

荷物を取りに帰ると言って店を出たアデリエーヌは深い後悔に苛《さいな》まれていた。

（結局、迷惑をかけることになっちゃった）

立ち止まって振り返り、小さくなったデマリーの店に目をやる。

（でも――こうなると思って期待していた）

目を閉じて額に手を当てる。

デマリーの店に行く用事などなかった。食事を届けて店を掃除するなんてのは後付けの言い訳だ。最初から期待していた。助けてくれると思っていた。だから招待状を持参し、躊躇う振りをしながら全てを話して聞かせた。

聞けばデマリーが後戻りできないと知っていた。逃げられないようにしがみついておきながら形ばかりの反省をし、罪の意識に苛まれている自分にうんざりする。

自分の問題をデマリーに負わせたことが苦しくて辛い。

（わたしは最低な人間だ）

招待状を受け取ってから満足に眠れず、気が張った状態だった。神経が過敏な状態で普段通りを演じることに心底から疲れていた。

もう一人では抱え切れなかった。だから自分の不幸に巻き込んだ。

（わたしはどうにかなってしまったのかもしれない）

泣きたい気分でそこから離れた。

誰の顔も見たくなくて俯きながら足早に歩く。

道路の左右に均等に並んだ街路樹からは葉が落ち、寒々しい印象を受ける。麻袋を積んだ荷馬車が横を通り過ぎていく。幼い兄弟が荷台に行儀よく並んで座っていた。足をぶらつかせながら、大きな声で歌っている。失《う》せ物《もの》探しの歌だ。

たった一枚の紙が自分からありったけのものを奪おうとしている。積み重ねたもの全てが失われるのはもうすぐだ。

金銭面で苦労しながらも穏やかで平和な生活を送っていた。前世のことなど思い出すことも竜族に関わることもなく、老いて死ぬはずだった。

今になってようやくわかった。自分はその為だけに生きていた。

ため息を吐いてさらに背中を丸める。帰路を急ぐ人々とすれ違う。

「おい」

行く手を塞がれたのは家まであと少しという所だった。俯き加減に歩いていたアデリエーヌの前を一人の男が塞いだ。鷲鼻《わしばな》の薄く平らな顔、目は刃《やいば》のように鋭く口角は下がっている。

見知らぬ男はアデリエーヌをまじまじと見た。

「あんたがアデリエーヌ・ファーレか」

不躾な男に眉をひそめる。腹の底をざわつかせる低い声だ。縁の幅の狭い帽子、襟の高いマント。上質な上着とベストがマントの間から見える。裕福そうな身なりだが、まるで似合っていない。他人の服を借りて着ているかのような違和感がある。

立ち止まったアデリエーヌは男のただならぬ雰囲気に後ずさった。

「一緒に来てもらおう」

男の腕が無遠慮に伸びて、あっという間にアデリエーヌの左腕を摑んだ。太い指が肉に食い込み、骨が軋んだ音を立てた。突然のことに心拍数が急激に上昇する。

緊張に体が強張った。

「ちょ、痛……っ！　貴方誰、いきなりなんなのよ、わたしに触らないで！」

「抵抗するな。でないともっと痛い目に遭うぞ」

「やめて！　離して……触らないでったら！」

「普段ならお前なんかが言葉を交わすことも許されないお方がお待ちだ。口を開かず黙ってついて来い」

痛みに身を振り振り払おうとするアデリエーヌをぎらりと睨みつけた男が低い声で脅す。分厚いコート地でなかったら立てた爪が皮膚を裂いていただろう。

叫ぼうにも突然の恐怖と苦痛に喉が絞まって声が出ない。

（お店の外でまで待ち伏せされることがなかったから油断してた……！）

引きずられまいと踵で踏ん張ると、男はマントの下で短剣をちらつかせた。

「おい、俺を苛《いら》つかせるなよ。晩餐会の前に可愛い顔をズタボロにされたくなきゃ、その細っこい足を動かせ」

威圧的な低い声。男からは少しの躊躇いも感じない。アデリエーヌはごくりと唾を飲むと表情と目線で周囲に合図を送った。

（誰か。誰か助けて！）

だがアデリエーヌの異変を察知する者はいない。

「助けてもらおうなんて思わないこった。不用意に助けを求めたりしてみろ、そいつがお前の代わりに痛い目に遭うことになる」

男はニヤニヤと嫌な笑いを浮かべた。凄みのある笑みだ。

恐怖と緊張に倒れてしまいそうだ。平静を保つことがとてつもなく難しい。乱れた呼吸を整える。無事に逃げ延びることだけを考えなくてはいけない。冷静になれと自らに言い聞かせる。

数年前、城郭の外では成人間近の男女が人買いに連れ去られる事件が頻発していた。警備隊が捜査を開始した頃には人買いの一団は国を後にしており、被害者は一人も見つからなかった。

人買いや人攫《ひとさら》いは個人と団体との二つがある。

(この男は一人？　それとも複数で動いてる？　雑踏に仲間が潜んでるとしたら逃げてもすぐに捕まる)

男の動きには迷いがない。足の運びから目的地が定まっているのは確かだ。人を攫うことに慣れているのだろう、数歩進むごとに振り返る男はアデリエーヌの動きを慎重に観察していた。

男の雇い主は誰なのか。

連れ去られた後のことを考えると足がすくんだ。足がもつれて転びそうになる。もたつくアデリエーヌに男は舌打ちをすると立ち止まった。髪を乱暴に掴んで強く引っ張る。ぶちぶちと毛の抜ける音がした。

「さっさと歩け、手間かけさせんな」

咄嗟に掴まれた手と反対の手で男の手首を叩き、爪を立てた。反抗的な態度に眉を吊り上げた男は突如顔を顰めると唸り声を上げた。

「ぐ、うぅ……っ」

髪から男の手が離れる。アデリエーヌは大きな目をさらに大きく見開くと、音もなく男の背後に近づいた影を見た。

「腕を離してください」

男の背後に立ち、その腕を捻《ひね》り上げていたのはフードを被ったレヴィだった。折り曲げられた腕はぴたりと背中についている。今にも折られてしまいそうな腕。男は痛みに体を傾げた。

「砕かれたいのか？」

男に聞こえる程度の小声で訊く。男は悔しそうにアデリエーヌを解放すると身を捩り、自らの軋む肩を叩いた。酷薄そうな薄い唇が怒りと痛みに震えている。

「離したぞ、クソ野郎……っ！」

だがレヴィは返事もしなければ、手を離すこともなかった。むしろより深く捻り上げた。口汚く罵り続ける男のこめかみに脂汗が浮かぶ。

男の訴えを無視し、レヴィはアデリエーヌに向かって顎をしゃくった。

「すぐに迎えに行きますからそこの店で待っていてください」

レヴィの瞳に仄暗《ほのぐら》い炎が見えた。明確な怒りだ。口調は普段通りだが眼差しは強く、有無を言わせない。恐怖から解放され自由を得たアデリエーヌは頷き、帽子屋に飛び込んで戸を閉めた。

顔馴染みの店主に事情を説明すると、彼は店の奥にある窓と戸のない小部屋に通してくれた。二人用のテーブルと椅子だけがある休憩用の小部屋の狭さは、アデリエーヌの乱れた心臓を落ち着かせた。男に摑まれた腕が痛む。

恐ろしかった。震えがまだ止まらない。

(あの男は何？　なんだったの。なんの目的があってわたしを)

上下の歯がぶつかり合ってカタカタと音を立てる。

(レヴィさん……)

震えながら天井を見上げ、レヴィの無事を祈って目を閉じる。後悔がどっと押し寄せる。言われるがまま一人で逃げたのは間違いだった。レヴィが男の腕を摑んでいたのだから、大声を出して周囲に助けを求めなければいけなかった。

(そうよ、今からでも助けを呼ばないと)

立ち上がろうと両手をテーブルにつくが、腰が重くて上がらなかった。

消えない恐怖とともに待つこと数分、レヴィがアデリエーヌの元に戻ってきた。彼は戸の代わりにかけたカーテンを開けると柔らかな笑みを浮かべた。

「あ、ああ、レヴィさん……レヴィさんっ！」

駆け寄りレヴィのマントを掴む。

「け、怪我は？」

「大丈夫、問題ありません」

「本当に？　よ、よかった！」

「あの後すぐに巡回中の警備隊が来て引き渡せたので、俺は少し話をしただけです。貴女は？」

訊かれて大きく首を横に振る。

レヴィは表情を緩めてホッと息を吐くと、安堵に胸を撫で下ろした。アデリエーヌの瞳に涙の膜が張る。

「ご、ごめんなさい……。レヴィさんが、戻らなかったら、どうしようって――心配だったのに怖くて戻れなくて。わたし……ごめんなさい、ごめんなさい」

言葉は辛《かろ》うじて聞き取れるが切れ切れで不鮮明だ。レヴィは袖口でアデリエーヌの頬に流れる涙を躊躇いがちに拭った。袖口にアデリエーヌの涙が染みる。

「貴女が無事でよかった」

優しい眼差しに涙が止まらなくなる。アデリエーヌはしゃくり上げながらレヴィの袖を摑んだ。

「一緒に帰りましょう」

鼻をすすりながら頷き、店主に礼を言って店を出る。さっきの男が物陰から現れる気がして、アデリエーヌは無意識に周囲に目を走らせた。あの男だけではない。すれ違うだけの男女に体がびくついて、その都度足が止まってしまう。

周囲の全てが自分に害をなすものに思える。

歩くことが困難になっているアデリエーヌにレヴィは手を差し出した。手を引くことが当然のように。二人は見つめ合った。アデリエーヌの瞳に我に返ったレヴィは宙を握ると、手を元の位置に戻した。

ふいに頭の中に酷似した映像が浮かび上がった。伸びた手が触れることを躊躇って止まる。何度も何度も、途中で止まる。消え入りそうな声がする。思い出せそうで思い出せない。

こめかみがズキリと痛んでアデリエーヌは顔を顰めた。レヴィは膝を折って視線の高さを合わせた。

「俺が守ります、心配はいりません」

自宅を兼ねる店に戻るとレヴィは部屋という部屋を、窓という窓を注意深く確認した。侵入者の形跡はない。

「問題なさそうですね」

頷いて鉄製のストーブに炭を足してからやかんを置き、火を点《つ》ける。

テーブルを挟んで座り、摑まれた二の腕に手を当てる。触れられた所から不快感が広がってどうにも気持ち悪い。

「痛みますか？」

「……いえ、まだ……感触が残ってて。情けなくてごめんなさい」

「あんな男に脅されれば男だってそうなります。怖がるのはおかしなことじゃありません。それより俺が……腕を摑まれる前に止められていれば」

レヴィが強く奥歯を嚙むと、ざわりと空気が乱れた。滲み出る気に圧倒される。

「あの人……わたしを誰かに会わせるつもりみたいでした」

「あの男に貴女の誘拐を指示したのはダーレン商会だそうです」

「ダーレン商会って……鍛冶ギルドの相談役の？」

レヴィが頷く。ここ数年で急成長しているダーレン商会には黒い噂が絶えず、ガーグからも関わるなと忠告されたことがある。ダーレン商会が多くの貴族を買収し、いかがわしいことを売りにした店を地下で経営しているのは周知の事実だ。

各地からあらゆる種の女性を買い集め、娼婦《しょうふ》として働かせている。娼婦の中に番を見つけた客は、引き渡しに全財産以上のものを要求され破産したという。

「もしかして……番候補、だからですか？」

「はい。貴女を誘拐して会長の養女にするのが目的だったと言っていました。番になった少女の実家はあらゆる面で優遇されます。恩恵は計り知れません」

「わたしは番じゃありません、ただの候補です」

「養女が番ではなく得することがなかったとしても、養子縁組を解消すればいいだけです。迎え入れた家に痛手はありません」

レヴィの説明にアデリエーヌはテーブルの上で拳を握った。

「番候補は他にもいます。わたしが標的になったのはわたしが人族で、護衛も従者も雇えない平民だからですか？」

「……はい」

「やっぱりね……最悪」

湯が沸いてやかんの蓋がカタカタと音を立てた。テーブルに右手をついて立ち上がり、茶を入れる。

動揺が激しく、なかなか自分を立て直せない。

「他の人も同じことを考えそうですよね」

欲に目が眩んだ者はこの好機を逃さないだろう。それに一度の失敗でダーレン商会が諦めると考えるのは早計だ。銀のスプーンを手に取る。丸い表面に映った自分の顔は暗くて淀んでいる。酷い顔だ。見ていられなくて目を伏せた。

「今まで何もなく過ごせていたことが奇跡みたいなものだし」

招待状を受け取ったことで騒ぎにはなったが、アデリエーヌに危害を加える者はいなかった。物騒な物言いをした自称親類縁者、かつての友人たちは追い払うと二度と店には来なかった。

「……とにかく、ここにいるのは危険です。当日まで店を休んで別の場所に身を隠した方がいい」

「デマリーさんにお世話になろうかと思っています」

「それはやめておいた方がいいでしょう。複数人に襲撃されたらひとたまりもありません」

アデリエーヌは顔を曇らせた。

「他に頼りにできる人なんて……」

「俺に任せてもらえませんか」

突然の申し出にアデリエーヌは目をぱちくりさせた。

「後で人を迎えに寄越《よこ》します。それまでは窓のない部屋に鍵をかけて待っていてください」

「え、任せるってどういう」

レヴィは苦し気な表情をすると辛そうに眉根を寄せた。苦悩のシワが額に刻まれる。戸惑うアデリエーヌに向かってレヴィは男の名を口にした。それは予想もしていない人物の名前だった。

# ◇避難先は男爵家◇

「ここが本館。あっちが別棟。あの緑色の屋根の建物が訓練場で、その奥にある建物が団員の宿泊施設だ。食堂や風呂なんかもあそこにある。鍵のかかっている部屋と執務室以外は基本的に出入りが自由だ。団員にも使用人たちにも君のことは説明済みだから困ったことがあれば手近にいる者に声をかけてくれ」

ゼファニエルの所有する屋敷はガルダイルの南地区の一等地にあった。広い敷地内には本館とは別に使用用途の異なる三つの建物があり、そのどれもが建ててから三百年以上は経っている歴史的価値のあるものだ。門から入ってすぐにあるのは色鮮やかな赤い屋根に白い壁の三階建ての本館。本館の正面は屋根までの大きな茶色のアーチが四つ横に並び、入る者を圧倒している。

アーチの手前には横長の長方形の噴水。噴水横から右手奥に騎士団の宿泊所と訓練場が見える。二つの建物は薄いオレンジと濃いオレンジの二色を組み合わせており、白い窓枠が目を引いた。

「花は好きか？」

「はい」

「母が造らせた温室があるんだ。七色の光が降り注ぐとても美しい建物だ。興味があるなら後で案内する」

ゼファニエルに手を引かれたアデリエーヌが目を白黒させながら辺りを見回す。

「あ、あの。ご両親様にお世話になるご挨拶を」

「ん？　ああ、両親は王都にいるから挨拶は不要だ。アデルが滞在すると聞いたら飛んで帰ってくるかもしれないが」

冗談半分に言って屋敷に入る。

(な、なんでこんなことに)

レヴィが保護を求めた相手はゼファニエルだった。喜色満面の彼はすぐにアデリエーヌを屋敷に迎え、意気揚々と敷地内を案内し始めた。

屋敷には大小三十以上の部屋があり、どこも掃除が行き届いて清潔そのものだった。特にゼファニエルの私室の向かいにある客間は女性の憧れを詰め込んだものだった。

「ここが君の部屋だ。さ、入って」

優しく背中を押され、おずおずと足を踏み入れる。

(わわわわわっ！)

丸い花瓶には生花が飾られ、甘い香りを放っている。輝く大きなシャンデリア。天蓋付きの寝台、化粧台。アーチ型の暖炉に、毛足の長い上質な絨毯。絨毯には細かな刺繍を施したクッションがいくつも並び、くつろぎの空間を作り出している。

　アデリエーヌの家より遥かに広い。

「日当たり抜群だ」

　素晴らしい部屋だ。不満はない。不満はないが――強いて言うなら豪華過ぎる。身の丈に合わない。

（ここが客室って）

　淡い黄色の花柄の壁紙に触れ、天界で戯れる天使が描かれた高い天井を見上げる。啞《あ》然《ぜん》とするアデリエーヌにゼファニエルは嬉々として隣へと続くドアを開けた。

（ん？　嘘でしょ？）

　隣接していたのは浴室と衣装部屋だった。寝室の半分ほどの広さの衣装部屋は真新しい衣服で埋め尽くされ、可愛らしく包装された箱が山積みになっていた。

「レヴィから知らせをもらってから侍女長に急いで用意させた。サイズはおおよそだから、体に合うのを選んでくれ。あ、服や靴もあるぞ。足りないものがあったら侍女か侍女長に言いつけてくれていいから。化粧品類に関しては後で専属の者が来ることになっている。うちに出入りして長い店だから身元は保証する、心配ない。色々と試すといい。それから移動用の馬車と君専属の護衛だが」

「ゼ、ゼファさん、ちょ、あの、ゼファさん！　待ってください！」

「ん？　なにか足りないか？　壁紙や家具は落ち着いたら好みのものに替えるとして、そうか。すまん、宝飾品だな！　宝飾品は執事が管理しているんだ。侍女長に言えば服装に合わせたものをその都度見繕ってくれるから一緒に選ぶといい。しかしあれらは母や祖母の若い頃のものだから、少し流行遅れかもしれないな。そうだ、ついでに宝石商も呼ぼう。アデルはどんなものを好むのか俺も知りたい」

「いえいえいえっ。服も靴も自宅から持ってきますし、お部屋も使用人部屋か屋根裏部屋の隅を貸していただければ十分です。模様替えをしないでいいですし、というかしないでくださいお願いします！」

「この屋敷は一見広く見えるが部屋は他に空いていない。残念ながら使用人部屋も屋根裏も全て使う予定がある。いつ使うかはまぁ、決まってはいないが使うのは本当だ。部屋の模様替えだってする気でいた。服も靴も君が使ってくれないと廃棄するしかない。見ての通りここには君と同じ年頃はいないからな」

「空き部屋沢山ありますよね。ここ以外全部使用予定があるとは、さすがに無理が」

断りの言葉を口にしようとする度に、ゼファニエルは形のいい眉を上げたり下げたりした。

(気を使わせないように嘘までついて。本当に優しいんだから)

「あ……りがとう、ございます。ありがたくお借りします。本当に！　お借りするだけで、ちゃんとお返ししますから！」

「うん。六十年くらいしたら返してくれ。腹は減った？」

日はだいぶ傾いた。一時間もすれば夕食の時間だ。食欲はあまりないが、断れば余計な心配をさせるかもしれない。

「少し食べたい感じです」

「なら汗を流してから軽く食べよう」

侍女に手を借り浴場で汗を流す。前世の記憶が蘇っていなければ入浴を手伝われることも、髪を乾かされることも抵抗していたはずだ。

小食堂に移り円形の小さなテーブルを挟んで座る。風呂上がりのゼファニエルの頬は上気し、全身から大人の色気が溢れ出ていた。

テーブルに置いたごつごつとした男らしい大きな手に注視する。ゼファニエルは常に右手の薬指にサファイヤをはめ込んだ指輪をしていたが、風呂上がりはさすがに外すようだ。以前指輪のことを聞いたことがある。あの指輪は男爵家に古くから伝わる魔道具で、魔法や呪術から身を守ってくれるものらしい。

「熱いのでお気をつけください」

しばらくするとカートを押した給仕が二人の前に食事を並べた。

五種類の野菜を挟んだパンと若鶏のスープ、それとカボチャのフリッコ。フリッコはフリーニ地方発祥のカボチャ料理だ。

（確か蒸して潰したカボチャと飴色になるまで炒めたタマネギにチーズを混ぜて、表面がきつね色になるまでカリカリに焼くのよね。お父さんも果実酒を飲む時はこれを作って食べてたっけ）

侍女にカートを任せて給仕が部屋から出て行く。

スープを銀のスプーンですくい、一口すする。熱いスープが食道を通って胃に滲んだ。

パンは信じられないほど柔らかく、濃いバターの味がした。

「レヴィさんとはどこで？」

「ニーノの酒場だ。弓の名手だと聞いて、ここに招いたこともある。見た目に反して凄腕で、うちの団員は誰も敵《かな》わなかった。うちに来ないかと勧誘したが自分には向いていないと断られてしまった。まさか二人揃ってアデルの店に通っているとはな」

グラスに果実酒を注ぐ。薄い琥珀色の液体に濁りはない。青い顔で店に飛び込んできたのが嘘のように顔がだらしなく緩んでいる。有頂天でいつも以上に饒舌《じょうぜつ》だ。

「アデルを保護して欲しいと頭を下げられた時、口から心臓が飛び出そうになった。驚いたのなんのって。いてもたってもいられなくなって、馬車に飛び乗って」

「レヴィさんが助けを求めたのがゼファさんだなんて、わたしの方が驚きましたよ」

「俺を見た時のアデルの顔ったら」

思い出し笑いをするゼファニエルにアデリエーヌはムッと眉根を寄せた。

「笑い過ぎです」

「すまん、すまん」

レヴィから男爵家に保護されることになったと聞かされた時、正直気が進まなかった。貴族が市民を保護するなど前代未聞だ。彼に仕える使用人たちもいい顔をしないだろうと思いきや手放しで歓迎された。

この短時間で何人に声をかけてもらえたか。

「レヴィさんにも皆さんにもとても感謝しています」

「力になれて嬉しいよ。街の中でここは最も安全な所だ。それに俺は結構強い。レヴィがもし他の男に君のことを託していたら、間違いなく一生恨んだ」

「わたしは心苦しいです」

「なら結婚前の同居だと思えば気が楽に」

「思いませんし、なりませんし、結婚はしません。ゼファさん、お世話になるのにこんなことを言うのはなんですけど、誰にでもそんなことを言っているといざという時に、信じてもらえなくなっちゃいますよ」

「アデル以外の女性を口説いたことはない。本当だ」

真っ直ぐな声と視線に頬がじんわりと熱くなる。

（こ、この人は恥ずかしげもなく、もうっ！）

社交界では嘘もお世辞も日常の挨拶と同じくらい自然に口にされる。何も特別なことではない。ゼファニエルの言葉は耳触りが良いが、現実味に欠けていた。

（冗談に決まってる。冗談だってわかっているのに……顔が熱い）

ツンッと横を向き、無表情でパンを口に運ぶ。

ゼファニエルは背もたれに寄り掛かると腹の上で手を組んだ。

「悪かった」

「え？」

「アデルが襲われたのは俺たちの失態だ。バルデガッサ王国の番候補に護衛をつける案が出ていたんだが、他国やドラグランドの目を気にする上からの許可が下りなくて……いや、これは言い訳だな。危険な目に遭わせて本当にすまなかった」

「ゼファさんに謝っていただくことじゃありません。わたしがもっと警戒していればよかったんです。それで、あの」

「レヴィが捕まえた男か？　あの男の名はリーニック。複数の国で指名手配されているお尋ね者で、金さえ払えば殺しでも強姦《ごうかん》でもなんでもする札付きだ。今は牢で尋問を受けている」

パンくずで汚れた手を払い、水の入ったグラスに手を伸ばす。

「ダーレン商会はどうなりますか？」

ゼファニエルは体を傾げると左の肘を手置きについた。椅子がギシリと軋む。

「今回は奴らを罰するのは難しい。誘拐は未遂だし、犯人は雇われの犯罪者だ。ダーレン商会が知らぬ存ぜぬを貫き通すか、アデルを自店へ招待しただけだと言われればそれまでだ」

「未遂でも犯罪なのに」

「ダーレン商会は平民だが貴族や王族と繋がりがある。番候補を狙うなんて愚かなことをしたが、竜族の耳に入っていなければお咎めはなしだ」

「そんなの狡い」

暖炉の中で熱せられた薪がパチンと音を立て、アデリエーヌは食べるのをやめて揺れる炎を黙って眺めた。

全てのことが腹立たしく煩わしい。

「そもそも、番ってなんなんでしょうね。魂の片割れだなんて話だけど、見た目も年齢も関係なく、どうしようもなく惹かれてしまうなんて……まるで」

「呪い？」

「そう思いませんか？」

「女の子はそういう運命の相手的なものが好きだって聞いたが」

「わたしは……わたしは番だからじゃなくて、わたし自身を見て好きになってほしいです」

「真面目だな」

ゼファニエルは頭を後ろに倒して天井を見上げた。冷たい風が吹いてアデリエーヌの髪を撫でた。すきま風だろうか。古く広い屋敷にはよくあることだ。

「アデリエーヌ」

「はい」

「番に生まれるのはどんな気分だ？」

番だと断定した物言いに耳を疑う。

「……いま、なんて」

頭を元の位置に戻し、目を細め静かに微笑む。

「また人族で残念だ」

ゆったりとした癖のある口調。

ゼファニエルの声に別の誰かの声が重なって聞こえる。酒は一滴も飲んでいない。聞き間違いか、それとも自分の耳がおかしくなったのか。

困惑しているアデリエーヌをよそに、使用人が空になった果実酒のボトルを下げ新しいものをゼファニエルに渡す。

顔つきが彼のものとは違う。

目の前で起こっていることは理解の範疇を超えていた。耳の奥に強烈な痛みを感じ、激しい耳鳴りに咄嗟に両手で耳を塞ぐ。

頭が割れそうに痛い。痛みは数秒だったが何十時間にも感じた。脂汗を流しながら顔を上げる。目に映る光景にアデリエーヌは絶句した。アデリエーヌが見たのはカートの横で不自然な格好で動きを止めている使用人だった。

「……え？」

吐いた息が白く目の前に広がる。

燭台《しょくだい》の蠟燭は揺れ、暖炉の薪は変わらずに燃えている。だが室温は急激に下がっており、真冬の湖の冷たさを思い出させた。小刻みに震える指先は青白く変色し感覚はない。スカートの中で震える膝を擦り合わせようとしたが、両足の先端が凍りついて床から離せなかった。

(何が起こっているの？)

テーブルも椅子も暖炉も、全てが薄い氷に包まれている。冷気の鋭さに呼吸をすることさえままならない。恐る恐るゼファニエルに目を向けると、にこりと微笑まれた。ゼファニエルらしくない笑みに鳥肌が立つ。

息を吸うと冷気で肺が凍りそうになった。

「自分が死んだ時のことを思い出すとは哀れなことだ」

口元に手を当て優雅に笑う。神経を逆なでする不快な笑い声。洗練された上品な仕草は明らかにゼファニエルのものではない。自分の前にいるこの男は誰だ。

テーブルを包んでいた氷が昇って体の自由を奪う。押し潰されそうな強烈な威圧感に跪《ひざまず》きそうになるのをどうにか堪えながら、アデリエーヌは口を開いた。

「なんの、こと」

必死に声を振り絞る。

「今でもはっきりと覚えている。白い床に赤い血が広がってとても美しかった」

忌まわしい過去に心臓をわし摑みにされ、アデリエーヌは悲鳴を上げた。唯一動く頭を激しく左右に振り、逃れようともがく。凍った髪が耳元で音を立てた。

「同じ姿で生まれ変わってくれて嬉しいよ」

テーブルに乗せていた手にゼファニエルの手が重なる。人の温かみのまったくない冷たい手だ。

「ゼファさんじゃない……貴方、誰なの」

手を振り払おうにも完全に凍り付いてしまい指先すら動かせない。

「忘れてしまったなんて酷い話だな。虚弱な君の為に希少な茶葉を手に入れてやったのに」

アデリエーヌは両目を大きく見開き息を飲んだ。正気を失ってはいけない、理性を手放したら負けだ。そう己に言い聞かせていたが、ゼファニエルの言葉に辛うじて繋がっていた神経の糸がぷつりと切れた。

音と光の両方が一瞬で遠ざかり、アデリエーヌはそのまま気を失った。

薄れゆく意識の中で彼の声を聞いた。彼は言った。

「お帰り。可哀想なアデリエーヌ」と。

＊

雨の音に混じって聞こえた音につられて、ガーグは足をそちらに向けた。

建物と建物の間、人が四人横に並べる程度の路地に意識を集中する。雨音の中に違うものがある。耳を澄ませながらカンテラを片手に近づくと、闇に人の形をした輪郭がぼんやりと浮かび上がった。微かに聞こえる呻き声。

「誰だ。そこで何をしている！」

声をかけるが返答はない。

「おい、そこにいるんだろう？」

護身用の短刀の柄《つか》をコートの下で握り一歩二歩と慎重に近づく。地面を叩きつける強い雨と身を切る寒さに猫も鼠《ねずみ》もどこかで身を丸くしているのだろう。横切る影はない。

「隠れてないで出てこいっ」

三度声をかける。長年の勘から気のせいでないことは確かだ。身構えながら慎重に進んでいると、ブーツの先が何かにぶつかった。

足元を照らす。鞘《さや》だ。

周囲への警戒を解かないまま鞘を拾い上げ、カンテラの明かりを近づける。鞘には矢がかすった跡があった。さらに奥に進むと矢と鞘、それに濡れた黒布と荒縄が散らばっていた。誰かが争った形跡はあるが、雨と闇とでそれが真新しいものなのかどうかの判断はつけられそうにない。

「警備隊に情報提供しておくか」

そう呟いてガーグは雨の中を歩き出した。

＊

暗闇の中で息を殺していた男はフードを目深に被り直すと足元で辛うじて息をしてい

る狼《おおかみ》の獣人の濡れた髪をわし摑みにした。狼の獣人は半死半生で抵抗する様子はない。

獣人を引《ひ》き摺《ず》りながら街のほぼ中央にあるダーレン商会へ向かう。大きいが飾り気のない地味な建物の警備は厳重で、出入り口は四人の虎の獣人が守っていた。いかつい顔をした男たちは、近寄りがたい雰囲気を醸し出している。

建物全体に防護魔法をかけている安心感からか、周囲を見回る獣人たちに緊張感はない。腕に装着した小型のクロスボウの先端を向ける。額に矢を食らった獣人たちは次々とその場に倒れた。

雨が一層強くなる。

男は獣人を引き摺ったまま高い塀を駆け上がると、屋上から建物内に侵入した。建物内は強盗対策として複雑に造られているが、男にはどこになにがあるのか手に取るようにわかった。

罠《わな》も魔法も男の前には無意味だった。

目的とする部屋にはすぐに辿り着いた。室内から人の気配がする。一人、二人……全部で八人。重厚な扉には強力な魔法がかかっていたが、歩みを止めるほどのものではない。

扉に手をかざし、防護魔法ごと吹き飛ばす。分厚い壁は音を立てて崩れ、天井を飾っていただろうシャンデリアは落ちて粉々に砕けた。侵入者に対する声はない。

椅子に腰をかけたまま動けないでいる男以外は全員床に転がっていた。生きているかどうか、確認する必要はなさそうだ。

「な、ななな……き、貴様はななななに、何者だ……っ。こ、ここここがダーレン商会と知ってのことか！」

声を震わせながらダーレン商会の最高責任者であるパルフが訊く。パルフは貴族を真似た趣味の悪い服を身に纏った背の低いでっぷりと太った中年だ。短く薄い眉、小さな団子っ鼻。全てのパーツを中央に揃えた丸い顔からは汗が噴き出している。動揺を鎮めようと薄くまだらになった前髪を忙《せわ》しなく右から左に撫でつけながら、立ったり座ったりを繰り返す。《侵入者》が摑んでいるのは自分が雇っているなんでも屋の獣人だ。パルフは自らを奮い立たせると、フードで隠れた顔を指差した。

「ここは貴様のような下民が来ていい場所ではないわ！　今すぐ立ち去れば寛大な心で許してやろうではないか。さ、さぁ！　さっさと出て行くがいい！」

「……は？」

「ひぃっ！」

低い声に蛇に睨まれた蛙《かえる》のように身を縮こませたパルフはダラダラと脂汗を流しながら、腰に装着していた護身用の短剣を身構えた。

本能がこの男は危険だと警告していた。

「お、落ち着け。話をしようじゃないか。おっと、近寄るなよ。そこにいろ。いいか、わ……わわわわし、わ、儂《わし》は見た目の通り、話の分かる男だ。よ、要求はなんだ……言ってみろ。の、ののの、のぞっ、望みはど、どうせ、かっ、金、金だろう。いや、違うか。この土地か？　儂が持つ権利で欲しいものでもあるのか？」

魔塔から雇った魔導士にかけさせた防護魔法を破壊されたのは痛いが、侵入者に容易く破られる脆い魔法を高額で買わされたと吹聴すると魔塔を脅せばきっとタダでかけ直させられるはずだ。この男さえ追っ払えれば全てが元の通りになる。

「番候補たちから手を引け」

「そ、そうか、そうだったのか。あやつらが戻ってこないのは貴様のせいだな。ふざけた真似をしよってからに！」

ブツブツと小声で文句を言い続けるパルフに数歩近づき、執務机に獣人を放り投げる。獣人は机に突っ伏すと咳き込み大量の血を吐いた。ヒューヒューと喉を鳴らしながら床に滑り落ちる。パルフは息を飲んだ。

「グレブリュールのパイ屋の店主に関わるな」

「グレブリュール……ああ、あの小娘か！　なんだ、貴様あの小娘に懸想しているのか！　よし、よぉーし！　代わりに女を何人か用意してやる。エルフでもニンフでも、うちの奴隷市場にはいくらでもいる。どの女も調教済みであっちの具合も最高だ。

きっと満足する。不本意だが当面遊んで暮らせる金もくれてやる。それで納得しろ。な？　いいか、盗人《ぬすっと》。あの女に先に目をつけたのは貴様かもしれんが、貴様にはあの小娘を上手く使えないだろう？　儂は違う、竜族と繋がりを持って店を、この国をもっと大きくできる。たとえ番でなくてもあれだけの美貌だ、儂ならあの小娘を死ぬまで搾取し続けられる。貴様のような下賤《げせん》な盗人には使いこなせんっ！」

聞くに堪えない暴言に赤黒いオーラが男から溢れ出て空気を揺らした。大声でアデリエーヌの所有権を主張するパルフを見据える。

「よく動く舌だな」

言って右手を軽く振る。衝撃波に床と分厚い壁が音を立てて崩れた。埃が舞って視界が悪くなる。

「ひいいいっ！」

「なあ、俺の話はわかりにくいか？」

パルフはごくりと唾を飲んだ。自分はずっと答えを間違えていた。男は交渉をしに来たわけではなく、パルフに生きるか死ぬかを選ばせる為だけにここまで来たのだ。

パルフの両親はどうしようもない貧乏人だった。父は酒代欲しさに妻を男たちに売るろくでなしで、母はそのろくでなしに依存する心の弱い女だった。崩れかけた壁の家で一生を終えるつもりはないと、パルフは様々なことに手を出した。

選択の連続だった。正しい答えを選ぶことがパルフを豊かにし、店を大きくした。男が出した二択は悩むまでもない、簡単な選択だ。

パルフは引き出しから羊皮紙の束を取り出すと椅子から立ち上がり、暖炉の燃え盛る炎に投げ入れた。

## ◇新しい生活◇

朝の陽光は分厚いカーテンで遮られ、部屋の中は薄暗かった。天蓋付きの寝台に横たわっていたアデリエーヌはまだ眠い目を手の甲で擦りながら大きな欠伸をした。

昨晩、食事の後に部屋に入った記憶がない。

(……しまった、寝落ちした)

目がかすんで焦点が上手く合わない。瞬きを繰り返しながら両手を天井に向けて上げ、硬く縮こまった体を伸ばす。

寝心地の良い寝台と守られている安心感からか、人様の屋敷だというのに熟睡してしまった。

「ふあ……あ」

寝台の端に腰かけ首と肩とをグルグル回す。

(気味の悪い嫌な夢を見た気がするけど。なんだっけ)

目頭の窪みに親指の腹を当てながら衣装部屋に移動する。侍女が用意した洗面台の水で顔と口を洗い、ナイトドレスを脱いで膝丈のワンピースを手に取る。

深緑地に不揃いの水玉模様のワンピースは腰にくびれのない台形型で、襟と袖口に黒のレース飾りがついていた。滑らかな手触り。触れただけで着れば暖かいとわかる。ワンピースの下に穿《は》く防寒用の柄のない黒ズボンは踝までの丈で伸縮性があり、暖かく動きやすそうだった。

服よりも選ぶのに苦労したのは靴だ。三メートル幅の七段の棚にびっしりと並べられた色とりどりの靴はどれも可愛らしく選び難かった。

着替えを終えると侍女が小食堂隣の朝食室へ案内してくれた。大きな窓のある朝食室は差し込む朝日で眩しいほど明るかった。ゼファニエルは四人用の丸いテーブルに着席していた。

難しい顔で分厚い本を読んでいる。

「おはようございます」

「おはよう。昨日はよく眠れた？」

「はい、ぐっすりでした」

「それはよかった」

にっこりと笑ったゼファニエルの目が喜びに輝く。その笑みは朝日よりも威力があり目がチカチカした。

「どうぞこちらにおかけください」

給仕が引いた椅子に腰を下ろす。ゼファニエルは閉じた本を執事に渡すと、改めてアデリエーヌを見た。

（こんなに可愛いなんて罪だろ。天使か？　天使なのか？　いやもうこれ絶対天使だろ）

油断すると顔がにやけそうだ。

「素敵なお洋服をありがとうございます」

「うん、よく似合ってる。とても可愛い。俺が選んだ服を着ているなんて最高だ。これはもう記念の肖像画を描かせるしかないな」

流れるように紡がれるお世辞に狼狽《うろた》える隙もない。

「肖像画は承諾しかねます」

「じゃあ、結婚してくれ」

「いや、しませんし」

給仕が温かい牛乳、カボチャのスープ、焼きたての丸パン、蒸した鶏と野菜を出す。スプーンとフォークは銀製で揃いの器は蔓薔薇《つるばら》模様だ。

部屋の中は静かで、騎士たちの訓練する声も剣がぶつかり合う音も聞こえない。晴れ渡った空は青く高い。空に残った白い月は少し欠けていて、表面の凹凸は色濃い。この空のどこかに竜族の住む浮遊島がある。浮遊島は同じ場所に留まることはなく、常に動いているのだと教えてくれたのはガーグだった。

水の入ったグラスに手を伸ばす。指先がグラスの側面に触れた瞬間。

突如、昨晩のことを思い出した。

(昨日のあれは——あれは……夢じゃない)

ゼファニエルを盗み見る。

(あれはゼファさんじゃなかった。ならあれは誰だったの？　まさか……第三王子？)

第三王子の話し方や仕草を思い出そうとするが、曖昧で形にならない。不可解な出来事のことを考えながらティーカップに蜂蜜を垂らして、スプーンでかき混ぜる。

「——アデル。おーい、アデルー！」

強く呼びかけられて我に返る。

「番候補の話だが、あれから調べさせた。番候補で天涯孤独なのはアデル、君一人だけだった。エルフとニンフには後見人はいないそうだが、自国を出ない限りは彼らの安全は保障されている。ケンタウルスは……まぁ、あれに挑む愚か者はいないだろう」

強い魔力を持つエルフとニンフは穏やかな気性で争いを好まない。彼らが住むヘブラルの森の奥にある土地には強力な幻術がかかっており、容易に踏み入ることはできないと子供でも知っている。

人の上半身と馬の下半身を持つケンタウルスは人の倍以上の体躯をしており、仲間意識が強く男女共に好戦的だ。

候補を譲れと迫れば間違いなく返り討ちに合う。

「万が一を考え、我が国の番候補全員に護衛をつけることが決まったと先ほど連絡があった。最も安全なのは王城で預かりの身となることだが」

視線をテーブルに落とし、一拍置いてから視線をアデリエーヌに戻す。

「俺はここにいてもらいたいと思っているが、君はどうしたい？」

「王城は嫌です。ゼファさんが迷惑でなければ晩餐会までこちらでお世話になりたいです」

「そうか！　迷惑だなんてあり得ない、むしろ大歓迎だ」

「当日までは敷地の外に出ない方がいい、ですよね？」

「極力は控えて欲しいが、どうしてもと言うなら護衛を連れて行ってくれ。どこか行きたい所があるのか？」

「ゼファさんにお世話になることをデマリーさんには説明しておきたくて」

「錬金術師殿は君の後見人だったたな。俺が説明をしに行ってもいいぞ」

「自分のことなので自分で行ってきます。ゼファさんはお忙しいですし、そこまでしていただくわけにはいきません。話をしたらすぐに戻ります」

ゼファニエルがアデリエーヌの護衛に任命したのは年齢も種族もバラバラの三人だっ

た。最年長の男は鬣を青いリボンで結んだ黒い目の馬の獣人で、もう一人は人化した山《や》羊《ぎ》の獣人だった。彼は豊かな白髪を頭のてっぺんで結び、長く伸ばした前髪で目元を隠していた。最も年若い青年は小麦色の肌の人族だった。黒い肌、縮れた髪、輪郭のはっきりした茶色の唇。彼には語尾が下がるキュレア訛《なま》りがあった。

彼らは黒いズボンに茶色の厚手のコートという地味で目立たない格好をしており、街にすんなり溶け込んだ。

前世を思い出したことでアデリエーヌの生活は一変したが世界は平常運転だ。

商売をする者、買い物をする客、川で釣りを楽しむ子供たち。デマリーの工房の煙突からは、相変わらず黒い煙が上っていた。

店の前はやはり異臭がする。

(うえぇ。嫌な臭い。もー！)

悪臭に顔を顰めながら中に入る。デマリーはゴミや材料の散らばる床に両手を投げ出して眠っていた。

護衛が換気の為、全ての窓を開け放つ。

「こんな所で寝ないの！」

うつ伏せ状態で熟睡しているデマリーに近づこうとすると、山羊の獣人の制止が入った。

「大丈夫です。この人は普段からこうなので」

「なるほど。念の為室内の安全を確認したいのですが、よろしいでしょうか？」

訊かれてデマリーの肩を揺さぶり、部屋の確認の許可を半ば強引に取る。

「許可出ました」

デマリーを避けて二人が工房の奥へと入っていく。その場に残ったのは人間の青年だった。出入り口に立ってアデリエーヌに背を向ける。アデリエーヌはデマリーの横にしゃがみ込むと両肩を掴んで激しく揺さぶった。

「ああ、二度寝しないでください！　デマリーさん、デマリーさんっ。おはようございます、デマリーさん！」

「ん、ん……んぅ」

「朝です、起きてくださいっ」

目を薄く開けて煩わしそうに片手でアデリエーヌの手を払う。

「……失礼な、寝ていません」

「寝ていなくて顔がびしょびしょに濡れるほど涎《よだれ》を垂らしていたら大問題ですよ！」

剝き出しの丸い臀部《でんぶ》がぴくりぴくりと動く。面積の狭い布と細い紐。立ち上がれば長方形の布が体の前後を隠すのだろうが、今は肩の上でくしゃくしゃに丸まっているだけで何の役にも立っていない。

ささやかな抵抗をするデマリーを引っ張り起こしてソファに座らせ、壁に引っ掛けてあったローブを巻き付ける。まともな服を着ることを習慣にするだけでいいのだが、デマリーには難しいらしい。

デマリーの目が薄く開いたり閉じたりする。

「アデル、お茶を……くださいな」

「はいはい」

人数分のお茶を入れ、少し離れた棚に置く。デマリーには茶ではなく湯で濡らした布を渡した。顔と手を拭かせる。

「昨日あれからレヴィさんが来ましてね、貴女が副団長のご自宅にお世話になると言われたのですが本当ですか？」

熱いですよ、と言ってティーカップを渡す。

「はい、一応」

「あらまぁ、猛攻にとうとう折れましたか。観念して結婚」

「違います」

被せ気味に否定する。

「本人含めてゼファさんが貴族だということを忘れ過ぎです。悪乗りに乗らないでください。その話は置いといて」

アデリエーヌはちらりと出入り口の青年に目をやってから声を潜めた。

「昨日帰りがけにダーレン商会に雇われた男に攫われそうになりました」

「なんですって⁉」

手短に説明するとデマリーは空になったティーカップをサイドテーブルに置いた。

「誘拐とは別で……デマリーさんにお話ししたいことがあって来たんです。昨日ゼファさんと夕食をとっている時に妙なことがあって。わたしが目にしたことが夢なのか現実なのか区別がつかないんですけど、彼が、たぶん彼……あの人が来たんです。来たって言っても実際に目の前に現れたわけではなくて、こう……なんて言うかゼファさんの意識を乗っ取ったというか」

「待って。部屋を移りましょう」

青年に許可を得てから、台所横の窓のない倉庫に入る。デマリーは戸口横でパチンと指を弾いた。壁に吊り下げた丸い石が光を放ち、倉庫の中が明るくなる。

（失敗作でも錬金術で作った照明具なら高値で買う人はどこにでもいるってのに倉庫で使うなんて贅沢過ぎるでしょ）

倉庫内は相変わらずの状態だった。三面にはめ込まれた棚に入りきらなかった荷物が天井までびっしりと積み上げられ、倉庫内を圧迫している。荷物は食料品から錬金術の材料まで様々だ。

足元にはジャガイモの入った麻袋、目の前の棚には兎《うさぎ》の皮。空いた所に適当に置いているとしか思えないのは、ニンジンの酢漬けの瓶と黒曜石の粉末と干からびた双頭の蛇が隣り合っているからだ。

デマリーは棚の小瓶から硝子玉を一つ手に取ると、床に落として割った。飛び散った硝子が光を放って消える。

（防音玉だ）

人族と獣人が混在するバルデガッサ王国では建物には防音効果のある塗料を使うことが法律で義務付けられている。これは聴覚の優れている獣人に盗聴されない為でもあるが、獣人を雑音から守る為でもある。

塗料は貴族の屋敷や城に使われる高級品と、市民が使う安価なものがある。効果は金額と完璧に比例していた。市民が使う安価な塗料は正直なところ、効果はいまひとつであった。

デマリーが砕いた防音玉は数年前に他国の商人から依頼されて作り出した品でどんな獣人からも盗聴されないという条件を完璧にクリアしたが、材料の問題で大量生産が難しいと知ると商人は買い取りをせず逃げてしまった。

「これでいいですね。さぁ、続きを話してくださいな」

促されて起こったことを手短に説明する。デマリーは豊満な胸の下で腕を組んだ。

「精神の乗っ取り、ですか」

「確証はありませんが」

「高位の魔導士は対象の精神を乗っ取って自分の体同然に動かすことができると聞いたことはあります」

デマリーは腕を組み変え、右足に体重をかけた。

「招待状に呪いをかけた者と同一人物という線が濃厚ですね」

左手で右手の二の腕を摑み、親指の爪で薬指の爪を弾く。カチカチカチ、爪を弾く音が響く。

ふいに意識が遠くなった。

真っ黒な記憶の中にぼんやりと浮かぶ輪郭。全身を包む悪寒にアデリエーヌは強く目を閉じた。生ぬるい泥に足が沈み込む感覚がする。

デマリーは彼女の異変にすぐに気がついた。

「アデル？　アデル、どうしました？」

ゆっくりと開かれる瞼。瞳からは感情がごっそりと抜け落ちており虚《うつ》ろだ。デマリーは何も映していない目をじっと見つめた。

生気のない人形のような顔。やがて完璧な形をした美しい唇だけが動いた。

「怖い」

「あの人は怖い」

「怖い？」

アデリエーヌは抑揚なく言うと、吐き気を堪えるように口元に手を当てた。呼吸は浅く早い。アデリエーヌの急激な変化に興味を覚えたデマリーは慎重に口を開いた。

「あの人とは誰のことですか。第三王子のこと？　そうなのですか？」

両肩を掴み前後に揺する。

「貴女の罪だと言われた。これは罪による罰と――苦しみはわたくしのせい」

会話がまるで成立しない。デマリーは根気強く訊《たず》ねた。

「貴女は誰ですか」

「アデリエーヌ……アデリエーヌ・リュシー……貴女は罰を受けなければいけないと、あの人はおっしゃった。それで、わたくしは……ああ、やめて。お願いです、わたくしに近づかないで。頭が痛い、痛くて痛くてたまらない……っ！」

顔を歪め、天を仰ぐ。

「アデリエーヌ、貴女は誰のことを言っているのですか」

「――お願い、来ないで」

そこからは何を訊いても無駄だった。答えを得ることを諦めたデマリーは彼女の肩に手を置いて、もう片方の手で背中を強く叩いた。

「アデル！」

真上に顔を向けたアデリエーヌは溺れた子供のように口を開けると、ヒッと短く喉を鳴らした。

「アデル、アデリエーヌッ！」

繰り返される呼びかけにアデリエーヌは我に返った。視界が突如明るくなる。

方向感覚をなくした体がよろけて、肩を強く棚に当てた。乱雑に並べた瓶や陶器がガタガタと音を立て、そのうちのいくつかが床に落ちた。デマリーが両腕で彼女の体を支える。

「デ……マリーさん……」

自分の内側を引《ひ》っ掻《か》き回《まわ》される不快感。片方の手で喉元を撫で深呼吸をする。

「ゆっくりです、ゆっくりと呼吸をしてください」

息を吸っては吐く。

「アデル貴女、今――凄いことが起きましたよ。前世の貴女……つまり、『アデリエーヌ・リュシー』が現れたんです！」

興奮収まらないデマリーの勢いに負け、上半身をわずかに後ろに引く。

「いいですか、アデル。彼女は貴女の中に残っています。古い文献に輪廻《りんね》の際に新しい体に以前の魂の欠片《かけら》が残ることがあると書いたものがありました。転生前の記憶は転生後には残らないと言われていますから、前世の記憶があるとの証言は長いこと疑われてきました。まぁ、証明もできませんからね。彼らの証言は信用性に欠けると否定されていますが、あの記述は正しかったのかもしれません。私は転生については専門外のことですので推測の域を出ませんが、貴女の輪廻の際に彼女の一部が残ってしまったと考えるのが妥当です」

「遡りの術のせい？」

「ええ、恐らくは。貴女の中に魂の一部が残っているのならそれを利用して招待状に呪いをかけた術者の尻尾を掴めるかもしれません。古い友人に連絡を取って、相談してみます」

「わたしは何をしたら？」

「貴女と親しくしていたという人たちがいましたね。術者の候補を絞る為に、彼らから当時の話を聞けるといいのですが」

「三人中の二人を怒らせて絶交されました」

「……もう一人は」

「王太子殿下です」

顔を見合わせて二人同時にため息を吐く。デマリーは額に手を当てると、うーんと唸った。

「でしたらできる限り情報を集めてください」

「ルールディストの王立図書館に竜族に詳しい司書官がいるそうです。もしかしたらなにかわかるかもしれません。あ、でもどうしよう。あそこに行くには壁の外に出なくちゃだし、王立図書館を利用するには社会的地位のある人の紹介が必要らしいです。そんな知り合いなんて」

「いるじゃありませんか。外に出る許可も出せて紹介もしてくれる身分ある人」

そう言うとデマリーは嫣然《えんぜん》と微笑んだ。

＊

デマリーとの話を終え男爵家に戻る途中、普段とは違う喧騒《けんそう》にアデリエーヌは足を止めた。

「騒がしいですね」

「なんでしょう、なにかあったのかな」

通りで鍛冶屋を営んでいる大柄の男たちが右往左往しており、そのただならない様子を通行人が目で追っている。

鍛冶ギルドに所属する連中は血の気が多く、些細なことですぐに殴り合いの喧嘩に発展する。大事でないといいがと心配していると雑踏から声がした。

「アデル！」

声のした方に顔を向ける。数メートル先にいたのは騎士団員を数人引き連れたゼファニエルだった。人をかき分け近づく。

「ダーレン商会の連中が相談役から降りて、バルデガッサから撤退するらしい」

「え、撤退？」

「ああ。急に決まったらしい。俺たちも動揺した職人連中が説明を求めて関連している店に押し掛けていると警備隊から報告があった」

にわかには信じられない話にアデリエーヌは首を傾げた。

（昨日の今日で？）

レヴィの話では竜族の恩恵を得る為に強引な手を使ってでも番候補の後見人になろうとしていた欲深い連中だ。目的を達する前に引き下がることなどあるだろうか。それとも相談役や後見人の椅子よりも魅力的な儲け話があったのか。

「ギルドの相談役が街から撤退するなんて前代未聞だ」

「珍しいことなんですか？」

「相談役という立場にある者には、貴族でさえ容易に手が出せない。何かあったとしか思えないな」

ゼファニエルの目は嘘を言っていなかった。ダーレン照会はアデリエーヌが思う以上に厄介で面倒で、強い権力を持っていたらしい。石にしがみ付いてでもその地位を守りたいと言っていた商会長が巨大な宝を手放した理由を、終《つい》ぞ誰も知ることはなかった。

## ◇王立図書館へ◇

バルデガッサ王国　ルールディスト

王立図書館のあるルールディストの街はガルダイルとはまったく異なる街並みをしていた。

貴族の屋敷を含めて建物の高さは均一で、外壁は全て白い。目の覚めるような白の外壁には各建物それぞれに絵が描かれている。それは貴族の屋敷を見本にした豪奢な窓や柱だったり、神に祈りを捧《ささ》げる信徒と神を描いた宗教画であったり様々だ。

ゼファニエルが利用したことのある宿屋の壁には料理を作る店主と休む馬、寝台に寝転がる宿泊客が描かれており、一目で宿屋だとわかった。

利用者が貴族と身分を保証された市民の一部に限定されている王立図書館の利用可能時間は昼から夕方六時までと極めて短い。

一行は宿屋で一泊し、翌日の昼過ぎに王立図書館に向かった。

街の中央に位置する王立図書館の建物自体は特別豪華な造りをしていなかったが、門越しに見えた外壁の絵はこれまで目にした中で最も豪華絢爛だった。圧倒的だった。建物を前にするまで貴族や貴族からの紹介状を持つ者だけが使用を許されている理由が理解できなかったが、建物や周囲の環境からすんなりと納得がいった。

四メートルを超える鉄扉を三人の兵士が開ける。重々しい音を立てる門から建物まで続く煉瓦の道を進み、四階建ての建物の正面扉から中に入るとすぐに受付があった。ゼファニエルが受付を済ませると、奥から前開きの白い制服に白いマントを羽織った兎族の青年が現れた。

小柄な彼は人の姿をしていたが、白銀の髪の間からは細長い耳が伸びていた。

「わぁ、可愛い」

ピンと立った耳の愛らしさに感嘆の声を上げると、幼さを残した青年は嬉しそうに頬を赤らめた。目尻の垂れた丸い目が糸のように細くなる。

「ペイド・リリニです。主に竜族関係の研究をしていまーす」

差し出された手を取り、握手を交わす。

「初めまして。アデリエーヌ・ファーレです」

軽く頭を下げるとペイドはアデリエーヌのことをあらゆる角度から見てから満面の笑みを浮かべた。

「貴女がアデリエーヌ。ふうん、貴女がー」

「はい」

「うん。うんうん、うーん。こりゃ話以上だなぁ。聞いていたより綺麗で可愛い。どんな手入れしたらそんなツヤッツヤの肌になるの。うむむむぅっ、不味いな。かなり可愛い。まいったな、こりゃ。こんなに可愛い人にねぇ。もー、どーしよ」

小声でブツブツと言って手を離し、ゼファニエルと握手を交わす。

「ゼファニエル・アークロッドだ」

アデリエーヌの外出は条件付きで許可された。条件はただ一つ、ゼファニエルと彼の部下数名が同行することだった。多忙な副団長と団員を個人的なことに付き合わせるわけにはいかないと護衛を兼ねた同行を拒否したが、ゼファニエルは頑固だった。

長い話し合いの末、折れたのはアデリエーヌだった。

「君がリリニ族か。まさか生きて会えるとは」

ゼファニエルの言葉にペイドの白い耳が前後に動く。

「わぁ、僕らのことをご存知なのですか？」

「ああ、智《ち》の一族と呼ばれる君たちの優秀さは有名だ。まさか王立図書館で会えるとは思ってもいなかった。お会いできて光栄だよ」

ペイドは左胸に手を当てると、恭しく頭を下げた。

「こちらこそ、レングド騎士団副団長殿」

「竜族の魔力とマナの減少についても研究しているそうだね」

「あくまでも研究の一部で専門ではありませんが、そこいらの研究員よりは詳しい自信があります。大きな声じゃ言えませんけど」

彼はふふっと笑うと跳びはねる勢いでくるりと背を向け、二階を指差した。

「竜族関連の本は二階です。さ、行きましょう！」

歩きながら館内の説明をするペイドの口調は明るくて軽い。幅広の階段を上り、踊り場で左右に別れた右側に進む。階段を上りきるとペイドはすぐ近くの扉の鍵を開けた。

竜族に関する本が保管されている部屋は図書館の一室というよりは貴族の書斎に近かった。縦長の部屋は入って左側が高さ二メートル半はある本棚が並び、その真向かいに本棚と同じ数だけの窓があった。天井に近い所に明かり取りの丸窓もあって、部屋は陽光で眩しいくらいだ。

修繕を繰り返した歴史を感じさせる壁は全面くすんだベージュ色で、薄布をまとった女神たちの戯れが描かれている。

緊張しながら息を吸うと、古い紙の匂いがした。

「読書用の長テーブルも壁沿いの椅子も自由に使ってくださいねー」

本棚と揃いの模様が脚に彫られた長テーブルと四脚の椅子は古いが上質な物で、見るからに価値がありそうだった。

ペイドは部屋の最奥にある本棚の前で両手を広げた。

「国内に流通していない本はこれだけです。期待したほどないでしょ？　戦争の度に焼かれて灰になったり野盗や市民に強奪されたりして、かなりの数が失われてしまったんですよー」

ざっと見ても千冊もない。

「今回は竜族の番に関することを知りたいとのことでしたので関係していそうなものをご用意しましたが、ご期待に添えるかどうかー」

テーブルに積み重ねられた本を見る。アデリエーヌがまず手に取ったのは深紅の表紙の分厚い本だった。それなりの重量のある本を両手で抱える。落としてしまっては大変だ。椅子に腰を下ろし椅子の位置を調整する。クッションの薄い座面は硬く見た目より座り心地は悪い。長時間座るのには向いていなさそうだ。

ペイドはアデリエーヌの隣に腰を下ろすと表紙を開いた。古い紙は黄ばんでいて強く触れると欠けてしまいそうで、自然と手に力が入った。

文字をなぞりながらペイドが淡々と読み上げる。訳しながら読み上げ、解説もする。当たり前のようにやっているが、誰にでもできる芸当ではない。

（相手が竜族なら誰でも番迎えの儀をやってもらえると思ってたけど、違うんだ）

二人はペイドの話に聞き入った。彼は興味を引かせるのが上手く、聞き手を退屈させなかった。

「ちょいと待ってくれ、この事件ってのは？」

「失踪事件ですね。第三王子が番を迎えた頃、城に勤める者が立て続けに行方不明になりました。侍女や従者からのいじめや嫌がらせを受けて下級の使用人が城から逃げることはよくある話でしたが、数の多さから事件性が疑われまして」

「行方不明者はどれくらい？」

「下級の使用人よりさらに下の、敗戦国の奴隷やなんかを合わせると百人を超えていたかもしれませんねー」

アデリエーヌは無意識のうちにペイドから視線を逸らしていた。

「解決したのか？」

「いいえ、結局捜査は中止になりました。貴族が失踪していれば話は違ったのでしょうが、なにせ平民や奴隷ばかりでしたからー」

ペイドは本を閉じテーブルの端に寄せると立ち上がり、棚にあった金の鈴を鳴らした。

「ちょっと疲れましたね。お茶にしましょー」

使用人が用意したのは硝子製のティーセットだった。薄茶色の湯の中で茶葉が躍っている。茶がなみなみと注がれたティーカップを両手で包むと、熱がじわりと手のひら全体に広がった。口をつけるにはまだ熱い。

茶菓子を口に運びながらゼファニエルが訊く。

「第三王子殿下の番に関する記述はないのか？」

「竜族の歴史上最も情報の少ない方ですからねぇ。出生国であるデルガムントも令嬢を送り出してから五十年もしないうちに滅びてしまいましたしー」

ペイドは蜂蜜を注ぎ入れたカップをティースプーンでグルグルとかき混ぜた。スプーンが側面にぶつかる音がする。アデリエーヌにはペイドの姿が不自然に思えた。小さな劇場の舞台でたいして面白くもない演劇を演じている俳優のようだ。

「あ、知ってます？　バルデガッサ王国はデルガムント王国が滅んですぐに建国されたんですよ。実は最近王都の跡地から面白い文書が発見されまして。検証前なので真偽は定かではありませんが、見てみますかー？」

「ぜひ頼む」

ペイドは立ち上がると重厚な扉を開けた。顔を左右に動かし、廊下に誰もいないことを確認する。彼は二人を隣の小部屋に招いた。小部屋は研究者の休憩室で、本棚と机と椅子とがあった。天井付近に換気用の穴が二つあるが窓はなく、オイルランプがあちらこちらに設置されていた。

大きめの机には薄茶色の紙が無造作に置いてあった。それを乱暴にどかし、机の引き出しから筒状に丸めた羊皮紙を取り出した。

ペイドは声を一トーン落として言った。

「これは第三王子の番に与えられた城の使用人が書き残したものです」

羊皮紙を机に広げる。四つ角の欠けた紙は全部で六枚あった。

小さな文字でびっしりと書き綴《つづ》られている。

「僕もざっと目を通しただけですが、この文書を読む限りでは第三王子は人族から迎えた番とは不仲だったそうです」

ペイドが長い文章を指でなぞりながら読み上げる。

「『私は番様に同情している。理解し難いことだが、第三王子殿下は番様に関心を示さない。名を呼ばず、微笑みかけることもなく、触れることも一切許されない。あれではなんの為にこの国にお迎えになられたのか』——この使用人は人族に好意的で、書いてあることがわりと同情的です。ほら、この辺りには蔑ろにされても辛抱強く耐えているとありますよね。迎え入れから徐々に二人の関係は悪化したようで、見かねた王太子が介入するようになっています。『番様に対する態度を改めるよう叱責する王太子殿下の姿を幾度となくお見かけした。お二方は声を荒らげ、激しく言い争いをすることがしばしばあった。第三王子殿下は番様を受け入れられず、顔を合わせることもなくなった』」

「番は魂の半分、自分にとっては最も大切な宝だ。なぜ突き離す」

「さて、気に食わなかったのか、相性が悪かったのか。ここだけの話、病死ではなく第三王子が毒を盛ったからだなんて疑惑があるくらいでー」

アデリエーヌは戸惑いを悟られぬよう無表情を装った。胃の辺りが重くて熱い。

「物騒な疑惑だな。第三王子が毒を盛ったって根拠は？」

「それらしい証拠があります。検証中なのですが、僕はこれは恋人を奪われた第三王子の復讐《ふくしゅう》なのではないかと考えています」

ペイドの話に二人は黙りしばし顔を見合わせた。

「誰が誰に？」

今度はアデリエーヌが訊いた。

「第三王子が王太子殿下とご自分の番にですよー。話は第三王子が番を迎えるより前、王太子殿下の番が輿入《こしい》れしたことから始まります」

「王太子殿下の番って、ファリューダ王国リバイエット王の第四王女サラ姫だったよな。輿入れをしたのは確か彼女が十五の年だ」

「お、詳しいですねー。えーっと……えっとこの辺にサラ姫の肖像画があったはず」

ペイドは本棚に平積みにしていた羊皮紙の束を机に置いた。

「はい、肖像画」

羊皮紙に描かれていたのは不安気な顔をする少女だった。眉の上で切り揃えられた髪。首は細くなで肩で胸の膨らみは薄い。目尻の下がった小さな目と口。人の目を惹く輝く美貌はないが、愛らしい顔立ちをしている。

物静かで慎《つつ》ましそうな姫だ。

アデリエーヌはペイドが出した羊皮紙の束を数枚捲った。男女の肖像画に手が止まる。癖のない真っ直ぐに落ちた長い髪、切れ長の涼しげな目元。鼻筋は通っており、顔の形までもが美しい。サラ姫の肩を抱く青年は柔らかな笑みを浮かべ、不幸とは無縁そうだった。

端正な顔立ちの男性の胸元を指先で触れる。

(王太子殿下……)

初めて対面した時の衝撃が思い出された。

竜王と王妃への挨拶の後、兄王子に招かれて王城の中庭へ行った。色とりどりの花で飾ったテーブルにはティーセットと数種類の菓子が並んでいた。椅子に腰かけたその人は、陽光の中で光り輝いていた。

「私の兄だ」

無表情で短くそう言った第三王子と王太子はまるで似ていなかった。二人とも見目麗しかったが、美しさの種類が異なっていた。どちらも背が高くよく似た体軀をしていたが、凛々《りり》しい顔立ちの第三王子に比べると、王太子は涼しげで女性とも男性とも見える面立ちをしていた。

「貴女が弟の番か。ドラグランドへようこそ」

風に吹かれた肩よりも長い銀髪と白い肌が、手が届きそうにない空と雲をアデリエーヌに連想させた。

「会えて嬉しいよ。私も弟も、貴女のことをずっと待っていたよ」

薄い唇が弧を描く。細く形のいい眉の下で輝く瞳にこれといった感情はなかったが、不思議なことに冷たい印象は抱かなかった。

「僕の調べた限りでは、第三王子とサラ姫は最初から惹かれ合っていたようです。二人が相愛の仲になったのは番迎えの儀が終わって数年後で。これは当時城内でも噂になっていて、竜王陛下は幾度となく注意をしていたそうです。王太子殿下はサラ姫の裏切りを寛容な心で許しましたが、サラ姫は婚姻関係の解消を求めました。恋をすれば自分に夫がいるのが辛くなるのは当然です。彼女は幼くて無垢《むく》でした」

ペイドは長い耳をパタパタと動かした。

「もちろん、王太子殿下は婚姻関係を解消などしませんでした。人族の方を前に言うべきではないのかもしれませんが、人は心変わりをするでしょう？　弟とのことは一時の戯れで、飽きたら自分の元に戻ると信じていました」

はにかむサラ姫の顔から目が離せない。

「思い余った彼女は秘密裏に手に入れた毒を王太子殿下に盛ろうとしました。結果、深く傷つけられていながらも愛ゆえに許すという選択をした王太子殿下はその立場から自らの番を処罰することになりました」

ゼファニエルは手近にあった椅子を引き、具合の悪そうなアデリエーヌを座らせた。自身も丸い形の背もたれのついた椅子に腰を下ろしながら疑問を口にする。

「第三王子はどうして生きている。弟が原因で自分の番を処罰することになったのだとしたら、王太子殿下が第三王子を生かしておくはずがない」

「うーん、そこは許されたのだろうとしか」

「随分寛容なことだ」

ゼファニエルは背もたれに深く寄り掛かると頭の後ろで手を組み、目を閉じた。アデリエーヌはその姿を黙って眺めていた。

しばらく思案してから、ゼファニエルは背もたれから体を起こした。

「第三王子殿下が王太子殿下を憎む理由はわかった。だが、番殿は？　いくら気に食わなかったとはいえ、殺すことはないだろうが」

「ああ、それだけでしたらね。最大の原因は第三王子の番と王太子殿下が恋愛関係になったからですよー。蔑ろにされているのを慰めているうちにってやつですかねー」

ゼファニエルは両目を見開いた。

「やったことをやり返されたのか」

アデリエーヌの口からは否定の言葉が出そうだった。とんでもない話だ。彼はアデリエーヌを哀れみ、味方でいてくれると言ってくれた唯一だ。そんな人に邪《よこしま》な気持ちを抱くわけがない。

「王太子殿下は第三王子殿下を許したのに、番を奪われた第三王子殿下は王太子殿下に復讐した……って、いやおかしいだろ。そりゃ第三王子殿下は王太子殿下を恨んだのかもしれんが、もともとは自分たちの不貞が原因だ、処罰は自業自得な結果だろ。完全なる逆恨みじゃないか」

ペイドは頬の筋肉を痙攣させると、口角をピクピクと動かした。

彼の目は生き生きと輝いている。研究者の性《さが》なのだろうか。竜族の話ができるのがよほど楽しいようだ。

「人を恨む時なんてそんなものですよ ー」

顔の横で手をひらひらと振る。

アデリエーヌが疑問を口にする。

「毒殺したのならどうして病死だと発表したのでしょうか」

「相手は他国の貴族令嬢だ。迎え入れて一年足らずで処罰したとは外聞が悪いと考えたんだろう」

「王族が事実を隠蔽し改ざんするのは珍しくありませんよ」

アデリエーヌは膝に乗せた手を握る。

「自分の番が死んでも自害もせず兄弟仲良く生き続けてるってことは、番の存在っては俺らが思うより軽いものなのかもしれないな」

「いえいえ、兄弟どちらにも死ぬよりも生きて叶えたいことがあったのかもしれませんよー」

含みのある声に、アデリエーヌの顔が強張る。膝の上にあった手は強く握り過ぎて関節が白くなっていた。

(わからない。本当にわたしは王太子殿下を愛したの?)

前世の記憶と現世の感情が入り混じって巨大な靄となっている。前世は自分にとって不確かなただの記憶だと思っていた。いいや、思っていたかった。

顔を曇らせるアデリエーヌの手にペイドは自らの手を重ねた。手にするのはペンだけで、剣など握ったこともないのだろう。女性のように指の細い、しっとりとした柔らかな手だ。

「ごめんなさい」

白い耳が力なく垂れる。

「女の人が聞いて楽しい話ではありませんでしたね」

アデリエーヌは重ねられた手を握り返すと、首を横に振った。

「いいえ、こちらが急にお願いしたことですから。ありがとうございました、色々と聞けて参考になりました」

安堵に笑みを浮かべたペイドは紙を重ねると手早く丸め、元の引き出しに戻した。

「新しいことがわかったらすぐにご連絡します」

アデリエーヌは礼を言って立ち上がり、深々と頭を下げてから退室した。ペイドは立ち去る二人の後ろ姿を階段の上から笑顔で見送った。

＊

並ぶ背中が小さくなるまで手を振り続ける。許されるものならまた三人で話がしたいが、それは叶わない望みだろう。

「あーあ、残念だなー」

子供の頃からペイドは周囲の子供の倍は賢く、自分の利となることに関する嗅覚がずば抜けていた。欲しいものはどんなことをしても手に入れてきたし、利を得る為には犠牲を払うことを厭わなかった。

今回の取引もいつも通りのことだ。欲しいものを手にする為に手段を選ばなかっただけ。半ば無理やり自分を納得させていると、周囲の温度が急激に低くなった。

吐く息が白い。

「ああ、胸が苦しい。くーるしーなー」

ペイドは背後に感じた気配に、耳を垂らし大仰に肩を落としてみせた。

「僕は変な顔をしていませんでしたかねぇ。ほらぁ、貴方様の為とはいえあんな話をしたでしょ。心苦しくって何度息が止まりかけたことか。これが良心の呵責《かしゃく》ってやつなのかなー。ああ、僕は罪悪感に押し潰されて死んでしまうかもしれません」

しょんぼりと胸に手を当てるペイドを男は鼻で笑った。

「貴方様の為だと？　自分の目的の為なら手段を選ばないくせに、傷ついた振りなどするな。ついでにその目障りな耳をしまえ」

ペイドは顔だけで背後を振り返り、口角を上げた。フードを目深に被った男は口元を布で覆い隠しており、顔の輪郭すらわからない。自分を視界に入れるつもりもない男に向かって赤い目を細めると「愛らしいでしょ」と言って装飾の施された手摺《てすり》に両肘をついた。

男がペイドの横に並んで中央フロアを見下ろす。

二人がいなくなった中央フロアでは派手な服装をした貴族らしき小太りの男が受付で真っ赤な顔で拳を振り回していた。二人の空間は外界から隔絶されており争う声は聞こえないが、身振り手振りからして怒鳴り散らしているのだろう。

「あれは豚の獣人ですよ。調べ物があるとかで最近ちょくちょく来るんです。あらら、見てください。怒り過ぎて鼻だけが解けちゃってますねー。人の顔に豚の鼻ってのが愉快愉快。ブヒブヒブヒー。ははは、そのうち耳も飛び出すかな」

男から返事はない。ペイドは豚の獣人から目を離さないまま、左手のひらを上に向けた。男が金の鎖のついた鍵を置く。純金製の鍵はずっしりと重い。

わぁ！　と喜びの声を上げる。

「ありがとうございます！　ご満足いただけました？」

「ベラベラとよく喋ると感心していた」

「大事なのは勢いです。勢いで大抵のことはなんとかなります。それに僕はちゃーんと検証前だと言いました。僕の話を信じるも信じないも二人の勝手。仮に信じたとして、事実と異なっていても仕方ないです」

はははっと短く笑って後頭部を掻く。

ペイドの言葉に男は寄り掛かった手摺に体重をかけた。床に届くほど長いマントの裾から乗馬用のロングブーツが見えた。庶民には一生手が届かない最高級品だ。

「詐欺師め」

喉の奥でクツクツと笑いながらペイドはうっとりとした顔で鍵をかざした。指先で鍵の輪郭をなぞり頬擦りをする。全身の血液が歓喜に沸いている。

根も葉もない話に踊らされるのにはうんざりだった。だがこれで新しい扉が開く。どれだけの知識が増やせるかと想像するだけで顔がにやけた。貴重な時間を一秒足りとて無駄にしたくない。今すぐ研究室に飛んで帰りたい。

「彼女のことは気にならないのか？」

「むしろ貴方様がしていることに興味があります。それ、どこの貴族ですか。侯爵かな、伯爵かな？　上位貴族を使いまくって大丈夫なんですか？」

好奇心に目を輝かせフードを覗き込む。男はペイドの顔を片手で掴むと、右に手を振った。ペイドの小さな体は簡単に男から離れた。

「おっと、危ない。冗談ですよ、最初の約束通り余計な詮索をするつもりはありませんって！　以前お見えになった時と匂いがまるで違うので気になっただけです。ちょっとだけ。ホント、ほんのちょっぴり」

「愚かな好奇心は身を亡《ほろ》ぼすぞ」

男の忠告に本能が反応した。ペイドはニヤニヤ笑いをやめた。彼は死の恐怖に襲われていた。ぶるりと身震いしたペイドは自分の首が体から離れ、足元に転がるのを想像した。

（あー、危なかった。しくじるとこだった）

手摺から腰を浮かせた男は再び中央フロアを見下ろした。豚の獣人の姿はすでになく、本を胸に抱えた館員らしき男女が立ち話をしていた。二人は鳥の顔をしており、背には真っ白な羽が生えていた。

　鳥人の表情を読むのは難しいが、嘴の動きから楽しげであることは確かだ。

　仲睦《なかむつ》まじい男女――愉快な光景ではない。どうにも神経に障る。

「僕もらった物は返さない主義です。本当にいただいてもいいんですよね？　後で返せと言われても絶対嫌ですからね！」

「あんなものを対価に欲しがる物好きは貴様くらいだ。切り刻むなり好きにするといい」

「冗談でしょ。貴重性をおわかりではないとか？　あり得ない！　王族の目玉なんてお宝、簡単に手に入る代物じゃありませんよ。貴方様からあの箱を受け取った時からこの鍵を僕がどんなに渇望していたか。今日の日を夢に見たくらいですよ！」

　喜びに顔を輝かせ、鎖を首にかける。研究室の床下に隠した黄金の箱を開ける鍵。鎖の重みさえ愛《いと》しい。

「ただの目玉に価値などあるものか」

「あれは価値が違います。本を読むより話を聞くより、当事者が目にしたものを見るのが一番ですのにぃ。さっそく錬金術師に魔道具を改良させなくちゃ。……しかし再生するとはいえ、激痛でしょうに。術の効果を強める為にご自身の目玉を使うなど考えたものですよね」

試しに瞼の上から目玉を押してみる。指先に感じる丸み。骨に沿って指を押し込み、目玉をえぐり出す勇気はとてもじゃないが持てそうにない。考えるだけで激痛に襲われそうだ。

「絶対無理ぃーっ。よくやりましたね」

「まったくだ。本当に忌々しい」

冷たく言い放つ男の踝までであるマントがバサバサと音を立てて揺れる。遠くにあった音が徐々に戻ってきた。冷えた指先が熱を取り戻す。ペイドが垂れた前髪をかき上げている間に男の姿は消えていた。

＊

王立図書館を後にしてからアデリエーヌは一言も喋らなかった。難しい顔で黙り込み、俯き加減で歩いている。表情は暗く、足取りは重い。

（わたしが王太子殿下と恋仲だった？　──そんな馬鹿な。王太子殿下にとってわたしは弟王子の番というだけで……わたしたちの間に恋愛感情？　嘘よ、信じられない。もしもわたしたちが恋仲だったとしたら、それならどうして王太子殿下は晩餐会に協力しているの。自分の恋人を毒殺した弟の番迎えに手を貸したりする？）

考え事をしながら歩いていると、真横に並んでいたゼファニエルに手首を掴まれた。突然のことに驚いて立ち止まる。

「腹が減ったな」

「……え？」

「うん、減った。昼飯にしよう。飯を食ったらこの辺りを軽く散策して、甘いものを食べに行こう。美味い砂糖菓子の店があるんだ。甘いものは好きだろ？」

「……好き、です」

朝食をとったのは何時間も前だ。ゼファニエルの言葉で初めて空腹に気がついた。今にも鳴りそうな腹を片手で押さえる。

「じゃ、行こう！」

言うが早いか、ゼファニエルはアデリエーヌの返事を待たずに彼女の手を握って歩き出した。

彼が案内したのは大通り沿いの店だった。亀裂の入った外壁の絵は料理人が鍋を手にしたごく簡単なもので、すっかり色褪せている。ざっと見た席数は二十。テーブルも椅子も揃っておらず、見事なまでにバラバラだ。

掃除を簡単に終わらせる為か飾りつけは一切ない。大きな窓のおかげで店内は明るく、幾人かの客が一瞬だけ視線を出入り口に向ける姿がよく見えた。彼らは新しい客にすぐに興味を失って、目の前の相手との会話を再開した。

「ちはー」

カウンターの奥でせかせかと動き回っている老夫婦に声をかけると、頭巾を被った腰の曲がった小柄な老女がひょっこりと顔を出した。

「はいはい、ちょっと待ってくださいな。今、注文を……ん？　ああ、ゼファニエル様！　ゼファニエル様じゃないですか！　まぁ、どうもどうも、いらっしゃいませ。また大きくなられたようで」

エプロンで手を拭き、深いシワの刻まれた顔に笑みを広げて嬉しそうに頭を下げる。

「久しぶりだな、アニー。元気そうでなによりだ。他にもいるんだがいいか？」

「はいはい、お好きな所にお座りくださいな。ちょうどよかった。今朝ね、いいお野菜が入ったんですよ。ゼファニエル様はお肉ばかり召し上がられるから、今日はお野菜をたっぷりと食べていただきましょうね。あれは嫌だこれは嫌だと我が儘を言ってはいけませんよ。……あらまぁ、お連れ様が。まー！　なんて綺麗なお嬢様だこと！　こりゃまた珍しいこともあるものだわ」

「アニー、彼女は友人だ。アデル、彼女は鼠の獣人のアニー・ロイド。カウンターの奥にいるのが店主のウォール・ロイド。アニー、こちらは人族の友人アデリエーヌだ」

「こんにちは、はじめまして。アデリエーヌ・ファーレです」

「どうもどうも、ご丁寧にどうも」

腰の曲がったアニーはペコペコと頭を下げると、にやけ顔でゼファニエルを見上げた。

「とうとうゼファニエル様にもご結婚相手が。アニーにまで紹介してくださるなんて！　こりゃ、お祝いしなくちゃ」

お父さん、お父さんとカウンターの奥に向かって叫ぶ。

「え、違うぞ。俺と彼女はまだ」

「はいはい。ようございました、ようございました。ご当主様も一安心ですね」

「アニー、聞いてくれ。彼女は友人なんだ。友人！」

店の出入り口で二人を見ていた数人の部下が「うん、うん」と頷き、「副団長の片思い」「一方通行」「ヘタレ」と言いたい放題言っている。

「何年ゼファニエル様のお世話をしたと思っているんですか。アニーにはわかっていますとも。ささ、ゼファニエル様とお嬢様は奥の四人掛けのテーブルにどうぞ。護衛の方々はこっちね。離れて、くれぐれもお邪魔にならないようにしてくださいな」

勢いに負けて腰を下ろすと、耳まで赤くしたアデリエーヌは両手で顔を覆った。

華奢な肩が小刻みに震えている。どれだけ不快な思いをさせたのかとゼファニエルは眉を下げた。

「あー……ごめん。アニーがとんだ勘違いをして」

アデリエーヌは答えない。代わりに、ふ……ふふふふふっと笑う声がした。

「アデル？」

アデリエーヌは堪えきれず笑い出した。他の客の迷惑にならない、押し殺した声で。指の間からゼファニエルを見ては笑い、体をテーブルに倒しては笑う。二人きりだったら腹を抱えて転げまわっているかもしれない。

「……アデル」

「ゼファさんが、まるで子供……ふ、ふふふふっ、子供扱い……！」

「笑い過ぎだ」

「だって、貴族で、騎士団なのに……副団長なのに」

喉を「くくくくっ」と鳴らして体を丸める。

「父親の代から通っているから俺のことを未だに七歳くらいだと思っているんだ。アニーはまだマシだ、ウォールなんてもっと酷い。俺をなんて呼んでいると思う？」

「うーん、坊ちゃんとか」

「小僧」

「小僧！　ゼファさんが小僧！」

衝撃的な呼び名にアデリエーヌは背を反らし、また笑い出した。

「笑ってもらえてよかったよ」

「――ごめんなさい。もう笑いません、はい……笑いま…」

「顔面の筋肉が崩壊してるぞ」

目尻に浮かぶ涙を指で拭い、口元をひくつかせながら背筋を伸ばす。ゼファニエルの顔を見ればまた笑ってしまうかもしれない。気を逸らす為に店内を眺める。

常連らしき客たちのテーブルに並ぶ料理はガルダイルで見たことがない。

「おすすめはなんですか？」

「鴨《かも》のオレンジソース添えとトマトの詰め物をオーブンで焼いたのが美味い。魚は好きか？」

「はい」

「なら、揚げ焼きした魚を香草やレモンを入れた酢に漬けたのはどうだ？　古くから伝わる郷土料理で、ガルダイルではあまり馴染みがない」

アデリエーヌは難しい顔をして両手で頬を挟んだ。

「迷う。非常に迷いますね」

「じゃあ、適当に色々頼もう」

ゼファニエルが注文した料理が次々とテーブルに並ぶ。二センチ幅にスライスされた鴨肉《かもにく》にかけられたオレンジソースの匂いがアデリエーヌの食欲を刺激する。赤みを残す肉は見るからに柔らかそうで、口いっぱいに含みたかったが、まずはスープで体の内側から温めることにした。

ガチョウと数種類の野菜を煮込んだ具だくさんのスープに口をつける。表面に脂の浮いた透き通る茶色のスープは肉と野菜の旨味《うまみ》がたっぷりと出ており、喉を通ると胸の中央までもが一気に熱くなった。アデリエーヌは感嘆の息を吐いた。

「はぁ……美味しい！　最高です。お肉がすごく柔らかい。味がしみ込んでて、脂がとろけます。このお肉、変わった加工をしてますね」

「塩と香草をまぶした肉を低温の油脂で時間をかけて加熱しているんだ。肉に火が通ったらそのまま固めて保存する。遠征なんかの時の保存食としては定番だよ」

「お料理に詳しいですね」

「こう見えて保存食作りは結構詳しい。入団してから色々仕込まれたから大抵のことはできる。保存食作りに馬の世話、薪割りに炭作りに、洗濯に狩りに繕い物」

「いい奥さんになりそう」

「俺もそう思う」

スライスした鴨肉を口に運び、咀嚼《そしゃく》しながらライ麦パンをちぎる。歯応えのあるパンはスープに浸すと美味さが増した。

（どれも凄く美味しい）

さっきまで食欲がなかったのに現金なものだと苦笑しつつ魚に手を伸ばすと、ゼファニエルの手が止まっていることに気がついた。視線を上げると目が合った。

嬉しそうな笑みに不覚にもドキリとする。顔を逸らし指先で口元を拭う。

「……ついてます？」

「いや。美味そうに食べるなと思ってな。俺の一番好きな店だから気に入ってもらえてよかった」

切ったトマトの半分を皿に盛り、アデリエーヌに差し出す。湯気の立つトマトの中身はひき肉とみじん切りにした野菜を炒めたもので、香辛料の香りは強めだ。

「熱いから気をつけろ」

忠告に慎重に口に運ぶ。トマトの甘みと酸味の両方が肉の脂っぽさを緩和していた。トマトの残りを食べ切り、鴨肉にオレンジソースをたっぷりと絡め一口で食べる。鴨肉の余韻が冷めないうちにローストした野菜を頬張った。

飲み込んでしまうのがもったいない。

「これも美味しいです。鼻から匂いがふわって。野菜のシャキシャキ感も最高です」

「腹が減ると気持ちが沈みやすくなるから腹いっぱい食べるといい」

言葉から労《いたわ》りを感じて、アデリエーヌは食事の手を止めた。

「急にお店に寄ったのってもしかして……わたしの為ですか？」

バターをたっぷりと練り込んだ丸いパンを口に含んだゼファニエルはアデリエーヌから顔を背けると、明後日の方角を見た。耳が真っ赤になっている。

王立図書館を出てからの自分の態度を思い返し、後悔の波が押し寄せた。

「ありがとうございます」

「ん？　貴族でもふんぞり返ってばかりじゃなく料理を切り分けるくらいはするさ」

おどけられて首を横に振る。

「宿で食事をするつもりだったのにわたしが落ち込んで見えたからここに連れてきてくれたんですね」

「いや。腹が減っただけだ」

「またまた」

「本当だ」

「元気づけようと」

目を逸らさずじっと見つめているとゼファニエルは指先で頬を掻いた。

「買いかぶり過ぎ。腹が減ったから立ち寄っただけで、他意はない――本当に」

フォークの先端で甘く茹《ゆ》でたニンジンを転がし、突き刺す。食べる気があるのかないのか、なかなか口に運ばない。客が入っては出て行く。注文の声がやむと、忙しなく動いていたアニーの小さな体が店の奥へと消えた。

食べる手を止めてそわそわと落ち着かないでいるゼファニエルから目を離さないでいると、彼の日に焼けた肌が赤みを増した気がした。

「暑いですか？」

「いや、適温だが」

「顔が赤いですよ。耳まで真っ赤っ赤」

指摘にゼファニエルは両手で乱暴に顔を擦り、首元を緩めた。

「いいから食べよう」

再び手を動かし始めるが、すぐにフォークを皿の端に置いてしまう。ゼファニエルは右手で額を押さえると、深く項垂れた。

「ああ――格好悪い」

「ん？」

「こういうのはさりげなくてこそだろ。見透かされてなんて最悪だ。今なら死ねる」

「え、ゼファさんは格好悪くないですよ！　貴族様なのに偉ぶらないし、優しいし、頼りがいがあるし。中身も外見も素敵で非の打ち所がないです！」

「うわ、過剰に評価されて余計に恥ずかしい」

テーブルに額をついて苦悶するゼファニエルに、笑みがこぼれる。普段の軽口から女性慣れしているのだろうと思い込んでいたが、どうやら真逆だったらしい。

(知らなかった。ゼファさんって、凄く可愛いんだ)

新しい一面に奇妙な喜びを感じる。

「……素敵、か」

「はい！」

「そういうことにしといてくれると助かる」

誤魔化されて両手を口に当ててふふっと笑う。

「で、知りたかったことは聞けたのか？」

推測だと強調されたペイドの話はアデリエーヌの記憶と一致していない部分が多々あった。使用人の手記は概《おおむ》ね蘇った記憶通りであったことに小さくない衝撃を受けた。並べられた過去に自分が想像以上に落胆した理由は、考えるまでもない。

(記憶に誤りがあってほしかった)

心臓が強く締め付けられたのはそこで初めて自分が期待していたことを自覚したからだ。愚かしいことにあれほど鮮明な記憶だというのに、死の原因は直前に口にしたお茶ではなく自身の体の問題ではなかったのかとの考えもほんのわずかにだがあった。

ふっと息を吐いたアデリエーヌは、テーブルに視線を落とした。

「微妙な感じです、かね。収穫があったような、なかったような」

「聞かないでいるよりはよかったって感じか」

アデリエーヌの長い睫毛が微かに震える。

「……そう、ですね」

声を潜めてゼファニエルが訊く。

「二百五十年も前のことがそんなに気になる？」

問いかけにアデリエーヌは答えなかった。

目の前にいる美しい少女が番候補だということを急に思い出し、ゼファニエルは苦々しい顔で頭を掻いた。手を握って勇気づけてやりたかったが、彼女がそれを望んでいるようには思えなかった。

「悪い、知りたくて当然だよな。だってなぁ、もしかしたらアデルは」

周囲を軽く見回して声を潜める。ゼファニエルの目には大きな苦悩が宿っていた。

「過去の番迎えのことを知りたくないわけがない、気になって当然だ」

探る視線にいたたまれなくなって席を立ち、店の奥にある洗面所に向かう。洗面所から店内は死角になっていた。ため息を吐いて、額を擦る。濡らした布で顔を拭いたかったが、手桶の水は空になっていた。

多くの飲食店では手桶の水の補充は店員だけでなく利用客も行う。

手桶用の水瓶《みずがめ》を探して洗面所の奥にある白い木戸を押し開ける。扉は裏庭に続いていた。大人が一人入れるサイズの大きな水瓶は木戸のすぐ近くにあった。

低い柵に囲まれた小さな庭では数種類の野菜が育てられていた。たっぷりと栄養を与えられているのか緑の葉には艶があり、下がった実は瑞々しい。

庭の向こうは表通りほどではないがそれなりに人通りがあり、幅広の道路には色とりどりのテントが並んでいた。

興味をそそられ、柵の手前から通りを眺める。地面に広げられた布に積み重ねられた野菜。籠に盛られた果実。加工前の香辛料。台に並べられた豚の足。高い所から吊り下げられた洋服、布、生活雑貨。布で作られた室内用の靴は女性が好む色合いをしている。

様々な種、様々な言語。遠目に眺めていたアデリエーヌは動きを止めた。

揺れる緑色の髪に、輝く銀の髪飾り。

(あの髪)

八重歯を見せて笑う青年の姿が脳裏に蘇る。

(クレッシド……クレッシド・バルベール?)

木戸を開けて吸い寄せられるように通りに飛び出した。通行人を避けながら緑の髪を足早に追いかける。

「……待って。待って、クレッシド！　クレッシド！」

大声で叫ぶも、人ごみを進む緑の髪は振り返らない。聞こえていないのだろうか。開く距離に気持ちが焦る。行き交う人々を避けながら進んでいると、人の壁の間から山羊の獣人が飛び出した。ぶつかる直前で慌てて立ち止まると、小柄な山羊の獣人は体を捻りアデリエーヌの体を避けた。よほど急いでいるのか、立ち止まりもせず人の波に消えて行った。クレッシドの姿を完全に見失ってしまった。どっちへ行ったのか。川にかかる石橋まで移動して周辺を見回す。

息が切れて胸が苦しい。足がもつれて何度も転びかけた。肩で息をしながら前後左右を行ったり来たりする。人と人との間に緑の髪が見えた。

（いた！）

角を曲がった所で距離が徐々に縮まり、体力の限界に近かったアデリエーヌは歩調を緩めた。冷たい風が駆け抜けていく。彼の体を包む黒いマントには繊細な刺繍が施され、遠めにも上質なものだとわかった。胸が鳴っている。自分の呼吸がやけにうるさい。息を弾ませながら緊張に冷たくなった手を胸の前で擦り合わせる。

（クレッシドだ、絶対そう。間違いない！）

過ごした時間はほんのわずか。それも二百五十年も前のことだ。ほんの一時共に過ごした自分を彼は覚えていないかもしれない。人違いだと言って立ち去られてしまうだろうか。

でも、この姿を見て驚いた顔をしたら——。

アデリエーヌは足を止めた。雑踏を進む青年の背中に目をやる。

顔見知りに声をかけられて青年が雑踏の中で立ち止まる。通行人が邪魔をして相手の姿は見えない。

人混みの中で立ち話をしているその背中まで数メートル。

横顔にアデリエーヌは息を飲んだ。間違いない、クレッシド・バルベール本人だ。容姿はほとんど変わっていないが、幼さを残していた頬はすっきりと引き締まり、青年らしくなっている。

(クレッシド)

体が勝手に動いていた。

(会いたかった、ずっと会いたかった)

自分がした身勝手な振る舞いにより彼に縁を切られたことなど頭になかった。懐かしさに突き動かされていた。

クレッシドまでもう少し、というところで二の腕を乱暴に掴まれた。驚いて振り返る。

そこにいたのは息を切らしたゼファニエルだった。

頬は上気し、額には汗の粒が浮き上がっている。

「アデルッ、見つけた……っ！」

「ゼファさん……」

「黙って店を出るなんて何を考えているんだっ！」

強い口調に体が強張った。ゼファニエルの表情から彼らがなぜ自分を護衛してくれていたのかを思い出す。追いかけることに夢中になってゼファニエルたちのことが頭から抜け落ちていた。

(忘れてた、ゼファさんたちが一緒だったんだ)

店から急に消えたアデリエーヌを彼らがどれだけ心配したか。悪気はなかったなどという言葉で済まされることではない。アデリエーヌは慌てて頭を下げた。

「ご、ごめんなさいっ」

「全然戻ってこないから何かあったんじゃないかと心配したんだぞ！」

「手桶の水を補充しようと外に出たら偶然知り合いを見かけてそれで、つい追いかけてしまったんです」

何度も頭を下げる。ゼファニエルは「クソッ」と呟くと数秒かけて息を吐き出した。苛立ちを必死に抑え込もうとしている。

「無事でよかった——声を荒らげて悪かった。知り合いって？」

「あの緑の髪の」

視線を向けた先にクレッシドの姿はなかった。彼に声をかけた知人らしき人物もいない。ゼファニエルの手を押しのけて、彼がいた所までよろよろと歩いて行く。クレッシドは消えてしまった。もう二度と会えないかもしれない。

落胆を隠せないアデリエーヌは、長いことその場に佇んでいた。

## ◇盗賊襲撃、つかの間の再会◇

翌日、アデリエーヌは朝からクレッシドの行方を捜した。街を歩き、何軒もの店に顔を出し尋ねた。目立つ容姿の青年だ。店を訪ね歩けば誰か一人くらい知っているだろうと思っていたが、昼前には自分の考えの甘さに頭を抱えることとなった。

ルールディストは他の街にはない建物の外観からここ数年で観光客が倍以上増加している。元々多民族が共存しているこの街では緑の髪は珍しい色合いではなく、彼の姿は誰の記憶にも残っていなかった。

（クレッシドを捜し出せないまま帰りたくない。三日……ううん、二日でいい。二日だけでも滞在を延期させてもらえれば）

ゼファニエルは情に厚い。友人を捜したいという気持ちを理解してくれるはずだ。情に訴えるのは気が進まないが、彼に会う必要がある。

悩んだ末、アデリエーヌは宿屋の二階にある談話室で帰路について微調整しているゼファニエルに頭を下げた。

「却下」

「ほぼ脊髄反射、返事が早い！」

顔を上げ、手を胸の前で組む。ゼファニエルは体をぐらつかせると、苦悶の表情を浮かべ自らの額を右手で掴んだ。

「く……っ、なんて卑怯《ひきょう》な。アデル、そういうのは狡いぞ！　いい、いいよ……いや、駄目だ。いいと言ってやりたいが、駄目だ。うん、駄目だろ。危な過ぎる。ああ、むしろ俺の方が危なかった。天に召されるところだった。可愛さの破壊力にやられそうだ」

「ゼファさんお願いします！　お願いぃ！」

「可愛い顔で上目遣いをするな。駄目なものは駄目だ。アデルを一人になんてできない。むしろどうして一人で残れると思う」

正論にしょんぼりと肩を落とす。あまりの落ち込みように、ゼファニエルは恐々と訊いた。

「捜したい相手って男、だよな」

不自然に変化した声に小首を傾げるとゼファニエルはしまった、という顔をして口元に手を当てた。ばつが悪そうに明後日の方を見る。

「なし！　今のはなし！　すまん、失言だ。聞かなかったことにしてくれ」

「昔の友達です。あっちはわたしのことを忘れてしまったかもなんですけど」

「なんだ、友達か。そうかそうか、ただの友達か。友達なら会わせてやりたいが、今回は一緒に帰って欲しい」

「何かありました？」

「ルールディスト周辺に盗賊が出ていると報告があった。ガルダイルからも討伐隊を出すことになりそうだから、すぐに戻らないといけないんだ」

アデリエーヌはぎょっとして声を上げた。

「盗賊!?」

「狙われているのは主に護衛の少ない商人の一団だが、昨日は乗合馬車も襲われたらしい。同乗していた狼の獣人がたまたま近くにいた騎士団を呼んで難を逃れたが、次も無事に助けられるとは限らない。一刻も早く手を打たなければ被害は膨らむばかりだ」

ゼファニエルが副団長を務める騎士団は精鋭揃いだ。これまでいくつもの犯罪集団が騎士団に殲滅《せんめつ》された。彼らと行動を共にするのがアデリエーヌにとっては最善だが、彼らからしたら違う。

アデリエーヌは団員が用意している道具に目をやった。噂の盗賊団は人間だけで構成されているわけではないらしく、剣や弓は大型獣人用のものだ。一人当たりの矢の数も行きに比べてかなり増えている。

一人で馬にも乗れない自分がいることで足手まといになるのではないかとアデリエーヌは顔を曇らせた。

「落ち着くまでわたしはここに残った方がよくないですか？　わたしがいる分だけ移動時間は伸びるし、襲撃を受けたら足手まといにしかなりません」

「だからと言ってここに残していくわけにはいかない。個人的な感情を抜きにして言うが、君のことを守るのが俺の役目だ。俺には君を守る義務がある」

「わたしが番候補だからですか？」

「そうだ」

「ただの候補なのに」

ぎゅっと拳を握る。義務で命を懸けるなんて馬鹿げている。

「アデル」

「わたしはただの候補で、番じゃない」

「……義務ではなく君を守りたいと言ったら困るだろ？」

大きな手がそっと頭を撫でる。

優しい声色にアデリエーヌは押し黙った。日々繰り返される冗談だと流すには、彼の声は優し過ぎた。

「大丈夫だ、俺たちは強い」

盗賊の襲撃に迎え撃つべく、帰路の装備は厳重だった。人数分の馬と数種類の武器と衝撃に強い特殊な火薬を積んだ箱型の小型馬車が一台用意された。

一般的な獣人に比べて身体能力の高い大型の獣人と対するには人数が心許《こころもと》ない。護衛が殺された場合、アデリエーヌには悲劇しか残されていない。殺されず運よく生き残ったとしても生け捕りにされれば、奴隷として売られ男たちの性欲のはけ口にされるだろう。

死ぬよりも生きたまま地獄に堕《お》ちる方がよっぽど悲劇だ。

（もしそんなことになったら、ゼファさんは馬車に火をつけて敵味方関係なく爆破するつもりなのかな）

冷静に考える自分がなんだか可笑《おか》しかった。

盗賊の存在は恐ろしいがゼファニエルが傍にいる。アデリエーヌはこれまでゼファニエルの表面、ごく一部しか知らなかった。

稽古場で部下と剣を交える彼は圧倒的に強かった。数人を同時に相手にしても飄々《ひょうひょう》としており、笑みさえ浮かべていた。彼が討たれるのだとしたら、他の誰が傍にいても終わりしかない。

アデリエーヌは客室に戻るとワンピースを脱ぎ、移動用のズボンへと穿き替えた。シャツの上から厚手の上着と膝までのコートを着て全部のボタンを留める。

下ろしていた髪は動きを妨げないよう編んでから一本に結んだ。その髪がゼファニエルの邪魔にならないよう、首にストールを二重で巻いて固定する。

行きと同様、帰りもゼファニエルの馬に同乗した。騎士団が管理する馬の中で彼の牡《ぼ》馬《ば》は体力も持久力も飛び抜けており、素晴らしく美しい毛並みをしている。徹底的に鍛えられた黒馬は大人二人分の体重にも涼しい顔をし、楽しげに尾を振っていた。

馬車酔いするアデリエーヌにとって馬移動は快適だ。

街と街との移動では馬を全力で走らせることはほとんどなく、大体が駆け足程度だ。道路の状態によっては馬から下りて徒歩になることもある。賢い黒馬は状況判断が上手く、アデリエーヌを酔わせることはなかった。

ルールディストを出て二時間後、草木が茂る森の途中で異変に気づいたゼファニエルは馬を止めた。

「おかしい。やけに静かだ」

道の左右は苔がまばらに生えた剝き出しの土壁、その上に背の高い木々が茂っている。馬がギリギリ三頭並べる細い道の前後を見て、耳を澄ませる。普段ならあるはずの生き物の声はなく、聞こえるのは葉擦れの音だけ。

「不自然ですね」

答えたのはゼファニエルの腹心であるロイ・オーギュストだった。ロイは色黒のがっちりとした体軀の男で、過去には大木を一撃で切り倒したことがある凄腕の剣士だ。四角い顔に糸のように細い目、平べったい鼻に薄い唇。そのどれもが彼の慎重さを物語っているように見える。

重くかぶさった瞼を上げて、ロイは空を見上げた。

「鳥……いや、鳥人か」

「偵察隊だな」

「はい、恐らく」

表情を変えない二人が視線を合わせる。他の誰も口を開かない。息を殺して潜む存在に、アデリエーヌだけが落ち着きなく視線を四方に散らしている。背中に感じるゼファニエルの存在がなければ取り乱していたに違いない。

ゼファニエルが手綱を掴み直すと、全員が腰から下げた剣の柄の位置を確認した。ただならぬ空気にアデリエーヌの心臓の音がどんどん大きくなる。思わず胸元を掴むと、震えを感じ取ったゼファニエルが彼女の二の腕を軽く叩いた。

（大丈夫……絶対に切り抜けられる）

深呼吸をして、平静を保つ。

全員の視線がアデリエーヌに向けられていた。彼らはアデリエーヌが取り乱すのではないかと危惧していた。

首に巻いていたストールを顎まで下げ、アデリエーヌは余裕の笑みを見せた。その表情から気持ちの強さを感じ取った一同は、危険な状態であっても怯えを見せず狼狽えもしないアデリエーヌに改めて好感を抱いた。

(こりゃ副団長か惚れるだけある。美しいだけの娘っ子だと思っていたが、なかなかどうして豪胆だ。トカゲの王子様にくれてやるのは惜しい)

ニヤニヤした笑みを自分に向けるロイにチッと舌打ちをして、ゼファニエルはすっと背筋を伸ばした。

「わかっていると思うが、今回の任務は討伐ではない。深追いも、仕留める必要もない。隊列から離れるな」

手綱を握り直し、馬の腹を強く蹴る。

「森を一気に抜けるぞっ」

「はいっ!」

ゼファニエルの掛け声に全員が答えた。

「進めっ」

先頭を走るロイに全員が続く。尻を鞭で打たれた馬たちは必死になって森の中を駆けた。長時間全速力で走り続けることは不可能だ。戦闘を避け最短距離で森を抜けなければいけない。

今回に限って言えば、最優先すべきは『死なない』ことだ。無理をして討ち取る必要はない。

「ゼファ様っ、前方二百！」

　狭い道を抜けた所で目を凝らしていたロイが声を上げる。彼の言葉にゼファニエルが片方の手を離し、高く上げた。馬は速度を落とさない。手は右、左に動いてから前方を指した。

「ハッ！」

　命令に男たちが短い返事をし三方向へと分散する。直進するゼファニエルの前後左右に一人ずつ、やや遅れて馬車がついてくる。

　ロイは背負った弓を構えると力一杯に引いた。手を離してすぐに遥か遠くで「ぎゃっ！」という声が聞こえた。何かが落下する音。静寂を失った森がざわめく。続けて二撃、三撃。その度に低いくぐもった声がする。倒れた男の真横を通り過ぎようとした時に運悪く死体を目にしたアデリエーヌはたじろいだ。仰向けになった男は額を撃ち抜かれていた。アデリエーヌは喚き叫び出しそうになるのを必死で堪えた。勝手に閉じようとする目を開けて、周囲の状況を確認する。

（怖がって足手まといになるのだけは避けなきゃ。落ち着いて、動揺しちゃダメ。しっかりするのよ、アデリエーヌ。不意打ちされないように誰よりも先に気がついて、皆に知らせる。それだけ、それだけをやる。喚かないことくらいできるでしょ、大丈夫……目を閉じないで、落ち着いて）

心の中で繰り返し唱える。

「右だっ、右右っ！」

大きく曲がりながら馬はどんどん加速する。森の至る所から金属のぶつかり合う音がする。音がこだまして何人潜んでいるのか皆目見当がつかない。

（離れた人たちの姿が全然見えない。あの人たちは無事なの？）

渇いた唇を結ぶアデリエーヌの視線の先ではロイが次々と盗賊を討ち取っていた。一人に一本、多くて二本。聞きしに勝る腕前だ。

「オークだっ！」

数十メートル先で待ち伏せをするオークに気がついたロイが叫ぶ。

鉄の鎧《よろい》のオークは身の丈ほどもある大剣の尖端《せんたん》を地面につけ、前傾姿勢で一行を待ち構えていた。アデリエーヌは生まれて初めてオークを目にした。口から飛び出した四本の鋭い牙、尖った耳、潰れた鼻。髪はなく、くすんだ茶色の肌をしている。

とんでもなく大きい。あれでは獣人でさえ太刀打ちできないだろう。

「引きつけますっ！」

ゼファニエルの左右にいた二人の青年が全速力で前に出る。オークが剣を振り上げるより先に一人がクロスボウから矢を放ち、もう一人が抜いた剣で切り掛かった。金属が金属を弾き返す音と馬の嘶《いなな》き。

馬から飛び下りた二人は地面を転がってすぐに立ち上がると、オークに剣を向けた。

「シェル、デイダントッ！」

「俺たちは問題ないですッ、行ってくださいッ！」

ゼファニエルは顔を顰めると、馬をさらに鞭で打ち彼らの横を駆け抜けた。二人からどんどん離れていく。オークを倒したとして追いつけないのではないか。戻って加勢すべきなのではないか。アデリエーヌは二人に訴えかけたかった。止まって、戻ってと言いたかった。だが、その衝動は抑えるべきだともわかっていた。自分が口を出せることなど何一つとしてない。彼らは引きつけるとは言ったが、倒すとは言わなかった。ゼファニエルもそうだ。彼らには彼らの考えがある。

「ロイ、俺が足止めする。アデルを連れて先に行けっ」

「冗談じゃないっ、んなことできませんよっ！」

「俺よりお前の方が速い！」

地形を完全に把握しているロイは命令に従おうと止まりかけて、顔色を変えた。道の左右の茂みからのっそりと現れたオークに唸る。

「くっそ！　まだいやがったっ！」

「なんだと!?」

「どでかいのが四匹っ！」

ゼファニエルは咄嗟に振り返った。シェルとデイダントはまだ戻らない。振り切れていないか、命を落としたか。なんにしろ戻れる道はないのだから、直進するしかない。ロイは弓を背に戻し、剣を抜いた。矢でオークの分厚く頑丈な皮膚を貫いて致命傷を与えることは不可能に近い。四対二。だいぶ分が悪い。

「突っ込めっ！」

ロイ同様に剣を抜いたゼファニエルはアデリエーヌを傷つけることなく無事に逃がす策を考えていた。自分の愛馬は賢い。最悪の場合、自分だけが飛び下りて走らせればいい。

焦ることはない。敵はたかだかオーク四匹。時間はかかるだろうが、足止めはさせられる。最低でも一撃。致命傷にならなくてもいい。

柄を握った手に力を込め、振り上げようとした時。三人はオークの断末魔を聞いた。

我先にと道に出た一匹が力なく前方に倒れる。

戦場慣れしているはずの二頭が前進するのを拒否し、オークたちのかなり手前で前脚を高く上げその場で足踏みをした。

オークではない何かに酷く怯えている。

アデリエーヌは両目を大きく見開いて、片足でオークの背中を踏みつけている青年を見た。

（緑の――髪）

誰もが唖然とし、目の前で起きていることが信じられないでいた。オークの背中に深々と突き刺さった剣は青年の体半分の長さで、幅はごく狭い。人間から畏怖を持って怪物と呼ばれる種族の胸を貫くにはあまりにも華奢だ。

誰かがこくりと喉を鳴らした。

それが合図になった。

仲間を殺されたオークが怒りに目をぎらつかせながら咆哮《ほうこう》を上げ一気に襲い掛かる。ゼファニエルたちの存在をすっかり忘れたオークは、斧《おの》や大剣を振り回し憎い敵を切り刻もうとしている。

「おいおい、凄いな。何者だ、あれは」

頭上からゼファニエルの声が落ちてきた。震える手で口元を押さえたアデリエーヌが無意識に呟く。

「彼は……クレッシド」

「え？」

息が乱れて、目元が熱い。瞬きをすれば膜を張った涙がこぼれ落ちそうで、アデリエーヌは口元を覆ったストールを上げ直した。

「クレッシド・バルベール……彼は、わたしの」

くぐもった声はゼファニエルには届かなかった。聞き返す言葉に対し、内心で申し訳なく思いながら咄嗟に聞こえないふりをした。溢れる喜びに冷静さを失っていた。クレッシドとの関係を訊かれても答えられない。誤魔化しながら説明したとしてもどこかで辻褄が合わなくなるだろう。

自分を縛っているものをゼファニエルには知られたくなかった。

「恐ろしく強いな」

ゼファニエルの言葉には若干の興奮が混じっている。

戦う姿を目にして初めて、アデリエーヌは竜族がこの世で最も強い一族だと言われる理由がわかった気がした。

高い位置から振り下ろされた斧を軽々と弾き返し、がら空きになった胸の中央に拳を叩き込む。地面を揺るがす唸り声を上げて、オークが後方へと吹き飛んだ。巨体を受け止めた木々が耐え切れずに、音を立てながら右に左にと倒れる。

クレッシドは足元に落ちた巨大な斧を片手で軽々と持ち上げると、勢いよく横投げにした。斧がオークの首を落とす直前、アデリエーヌは目を閉じた。

仲間の死を目の当たりにしたオークの咆哮が地面を揺るがす。

ゼファニエルは片方の手で手綱を揺らし馬を落ち着かせながら、アデリエーヌの腰に腕を回した。手のひらがわき腹をトントンと叩く。寝つきの悪い子供をあやすように、トントンと。

布の下でふうふうと息を吐きながら目を開ける。

高く飛び上がったクレッシドは宙で何度も回転をし、右手に握った剣でオークの腕を切り落とした。血しぶきを上げながら最後の一匹が地面に膝をつきドスンと倒れる。

一瞬の出来事だった。

クレッシドは剣を大きく振ると鞘に戻した。

「まだいたのかよ」

ほんの少し低くなった声に懐かしさが溢れる。ゼファニエルは警戒しながら近づくと馬上から声をかけた。

「すまない、助かったよ。恩に着る」

頭を下げるゼファニエルを無視し、クレッシドは倒れたオークの頭を忌々しげに踏みつけた。膝まである革のブーツの底にオークの血が滲む。

「弱いと苦労するな」

クレッシドの嫌味にロイは怒りを露わにした。

「ロイ、やめろ。敬意を払え」

「しかし……っ！」

ゼファニエルに制止され奥歯を噛む。

「ガルダイルのゼファニエル・アークロッドだ。後日改めて礼をさせていただきたい」

「不要だ」

「ではせめて名を教えてはくださらないか」

答える気のないクレッシドはゼファニエルからアデリエーヌへと視線を移した。クレッシドの緑色の目はあの頃と同じだ。ストールを下ろし顔を晒してみようかと思うが、手が動かない。

名前を聞き出すことを諦めたゼファニエルは再度礼を言うと、馬のわき腹を軽く蹴った。クレッシドの姿がどんどん遠ざかる。

（クレッシド……）

再び走り出した馬は短い休憩を取ったことで体力を若干取り戻していた。景色が物凄《ものすご》い速さで流れていく。アデリエーヌは妙な気配を感じて真横を見た。遠くに何かがいる。

離れた仲間か、それとも森に住む獣か。

（あそこにいるのは……鹿？　ううん、もっと大きい）

目を凝らしたアデリエーヌはハッとして、木々の奥を指差した。

「ゼファさん、横っ！　狼っ、あそこに狼がいますっ！」

木々の間に見えたのは灰褐色の毛並みの二頭の狼だった。並走する狼は半月型の短剣を背負っており、何度もこちらを確認していた。

「くそ、あれは狼の獣人だっ。ローイッ！」

「鳥人にオークに狼の獣人とはなっ。盗賊ってのはなんでもありだな。まるで種の坩堝《るつぼ》だ」

片方の口角を上げたロイはすぐさま弓を構えた。放たれた矢は狼のわき腹を射抜く。狼は哀れっぽい悲鳴を上げて枯れた低木の茂みに突っ込んだ。

「二人とも上出来だ」

腐った倒木を右に避け、枯れた葉の浮かぶ水溜まりに脚を踏み入れる。手綱から馬の疲労を感じたゼファニエルは数分後に取らざるを得ない小休憩のことを考えた。場所を間違えれば命取りになる。

狭過ぎても開け過ぎていても駄目だが、そんな場所は簡単には見つからない。馬は限界に近い。

頑張ってくれと念じていると、ロイが「あっ！」と声を上げた。

「次は何だっ⁉」

声をかけて異変にすぐに気がついたのは、彼が速度を落としたこともあるが地面に死体が転がっていたからだ。薄汚れた身形《みなり》は見るからに旅人ではない。ゼファニエルはアデリエーヌの目元を咄嗟に隠したが一瞬遅く、すでに道端でうつ伏せになった男の死体を目にしてしまっていた。

背に一本の矢が刺さっている。体がびくついたのを胸で感じたのか、ゼファニエルが目を閉じていろと言う。アデリエーヌは大丈夫だと返事をする代わりに、手綱を握るゼファニエルの手の甲にそっと触れた。

(怖くない。怖くない、怖くない、怖くなんてない！　わたしたちは帰るんだ。皆が、レヴィさんが待つ街に絶対に帰るんだから！)

進むごとに死体は一体、また一体と増えていく。ロイは速度を落とし、左胸を射抜かれ重なり合って倒れている二人の男の横で馬を止めた。

「どう鍛錬したら二人の心臓を一度に射抜くなんて芸当ができるんでしょう」

「獣人にだって無理だ」

「先ほどの剣士ではありませんか」

ストールを下げ肩越しに振り返る。顔全体が冷たい風に晒された。

「森を縄張りにする盗賊は複数いるって本当なんですね。ただの噂だと思ってました」

「森は根城にするにはもってこいだからな。盗賊が盗賊を狩ることもある。盗賊専門の盗賊だっている。だからたまにこういったこともあるんだが、にしてもこれは妙だ。仲間割れか、盗賊同士がやり合ったのか」

「これが商人の護衛がしたことなら、俺はそいつを騎士団に勧誘しますよ」

「愚か者どもの潰し合いなら歓迎だがな」

ゼファニエルに頷き、正面を向く。

「この先に開けた場所がありますがどうします、そこで乗り換えますか？　それとも突っ切ります？」

鬱蒼と茂る森には所々に木々の生えていない開けた地帯がある。遮るものがなく攻撃を受けやすいが周囲を囲ませず上手く罠を仕掛ければ、馬車の荷下ろしや馬の乗り換え、野営などをするには適している。

「雑魚はどうにでもなるがオークが出たら問題だ」

「じゃ、お嬢さんのことは俺が引き受けますんで、援護頼みます」

「アデルが馬を乗り換えているうちにあいつらが戻るといいんだが」

走り出したロイの背中を追う。

風が向きを変えて前方から吹く。嗅覚の優れている獣人でなくてもわかる血の臭いに鳥肌が立つ。嫌な予感がした。警戒を強めて慎重に進む。覚悟を決めて開けた場所に出ると全員が一斉に驚きの声を上げた。目の前に広がる惨状に唖然とする。直径にして二十メートルの土地に、鳥人やオーク、人間だけでなく様々な種の獣人の死体が転がっていた。呻き声がしない、全員が絶命している。

ゼファニエルは周囲を警戒しながら馬から下りた。

「ここからはロイに頼む。いいな？」

「わかりました」

「アデル、手を――……」

差し出された手を取ろうとした時、上空から強い風が吹いた。土埃が舞って反射的に目を閉じる。体が浮き上がる感覚の後、聞こえたのはゼファニエルの自分を呼ぶ声だった。

「アデルッ！」

気づいた時には地上はとても遠くにあった。巨大なかぎ爪にわき腹を摑まれ、アデリエーヌの体は宙に浮き上がっていた。

「ひっ」

アデリエーヌを捕らえたのは男面鳥身の鳥人だった。広げた翼が周囲に影を作るほど巨大な鳥人はガルダイルでは有名な大型種だ。

鋭い叫び声を上げたアデリエーヌは死に物狂いで両手足をバタつかせてなんとか振りほどこうともがいたが、かぎ爪は信じ難いほど力が強くびくともしなかった。五メートル、十メートルと上昇する。落ちれば命に関わる高さになると、抵抗することが恐ろしくなった。

急上昇した気持ち悪さと落下の恐怖からろくに息も吸えない。酸欠になっていっそ意識を失いたかったが、遠ざかるゼファニエルの悲痛な声と必死の形相がそれを許さなかった。ひっひっと短く切れ切れに息を吸い、落とされまいと激しく震える手で黒いかぎ爪を掴む。恐怖で目元が痙攣し、景色を震わせている。

落とす気なのか、それともどこかに連れ去るつもりか。

脂汗が浮かんで額を濡らしていた。

どちらにしろ最悪の結果が待っているのだと半ば諦めかけた時、アデリエーヌは体の内側が強い力で引き寄せられるのを感じた。

血液や内臓だけでなく魂が吸い寄せられる奇妙な力に息を止めて真下に目をやる。

木々のない崖の上に黒い影が見えた。

「アデリエーヌッ！」

アデリエーヌを呼ぶ声と鳥人が射られたのはほぼ同時だった。一本の銀の矢が鳥人の喉を貫通すると、翼を広げたままの体が大きく傾いだ。かぎ爪から解放された体が真っ逆さまに落ちる。

青い空を切り裂く甲高い悲鳴。

落下から体への衝撃、それに続いたのは苦痛ではなく困惑。あの高さから落ちたというのに痛みがまるでない。固く閉じた目を恐る恐る開けたアデリエーヌは硬直した。体は地面に叩きつけられることはなく、逞《たくま》しい腕に横抱きにされていた。落ちたアデリエーヌを地上で受け止めた男の顔に目が釘付けになる。

思考が完全に停止して言葉が出ない。

漆黒の髪が風に揺れ、隠れていた黒曜石の目が現れる。切れ長の目にはあらゆる感情が溢れ、不安げに結ばれた薄い唇は今にも言葉を発しそうだ。

端正な顔は真っ青で血の気が引いている。体から力が抜けていく。彼の苦悶に心臓がひきつって、無性に泣きたくなった。

遠ざかる意識を繋ぎとめるように震える手を伸ばし彼の胸元を掴む。意識はそこで途絶えた。

＊

落下のショックと疲労からアデリエーヌは二日間眠り続けた。

三日目になって目を覚ましたが、体中が痛み起き上がることはできなかった。寝台に横たわったままゼファニエルから盗賊団は翌日全員捕縛され投獄後すぐに処刑されたこと、ゼファニエルと部下たちは全員が無事だったことを聞いた。

「よく頑張ったな」

自分はただ守られていただけだ。ゼファニエルがいたから、ゼファニエルの的確な指揮があったから危機を脱せた。

　話を聞き終わるとまた眠たくなった。うつらうつらし始めるとゼファニエルはアデリエーヌの頭をひと撫でして部屋を出て行った。目を閉じたまま仰向けになり、真っ平らの腹に両手を当てる。華奢な体を捕らえた鋭いかぎ爪はアデリエーヌを切り裂くことなく離れた。宙に投げ出された体は方向感覚を失い、自分が上を向いているのか下を向いているのかさえわからなかった。

（死んだと思った）

　あの状況からどうやって助かったのか、落ちてからの記憶は曖昧で切れ切れだ。誰かが放った矢が鳥人を射抜いたところまでは覚えている。あの場にいた弓使いはロイだけだ。

（でも、ロイさんではなかった。あの時、わたしを呼ぶ声が……）

　とても遠くからした声は彼のものではなかったと断言できる。悲痛に似た叫び――あれは第三王子の声だった。

（そんなわけない）

　頭の奥で何かが引っ掛かっている。思い出さなくてはいけないことがあるのに、側頭部に鋭い痛みが走って考えがまとまらない。またいつもの片頭痛だ。痛みが徐々に強くなる。太い釘を打ち込まれているかのような強烈な痛みに顔が歪む。

　招待状を受け取る前は頭痛など滅多になかった。

呻きながら体を捻ると血液に乗って痛みが別の場所に移動した。頭の中で形のない何かが暴れている。目を閉じ両手で頭を抱える。赤子のように体を丸め痛みに耐える。痛みは我が物顔で居座り、遠ざかってくれない。

気を紛らわせようと再び落下した時のことを考える。

あの時の自分は死を目前にし、冷静な状態ではなかった。恐怖でありもしないものを見た。ただの幻覚だ。

きっとそうに決まってる。


用意された薬はよく効いた。痛みが体から遠ざかるのはとても早く、数日で元の生活に戻れた。

テラスに出て冷たい空気に触れる。

訓練場のある方から騎士たちの声が聞こえた。

ペイドの話を丸のみにするのはあまりに危険だ。

手記は検証前で現段階では信憑性が低くアデリエーヌと王太子が、第三王子がサラ姫と恋人同士であったという証拠の提示は結局なかった。

無責任な話に翻弄されない、確かな証拠が欲しい。

どうやったら手に入れられるのかとかテラスで悶々をしていると、扉をノックする音がした。メイドに呼ばれアデリエーヌは階下の客室へと移った。客室にはゼファニエルがいた。

「急に呼びつけてすまない。落ち着いてからとも思ったんだが、紹介したい方がいてな」

「わたしに紹介、ですか？」

扉のすぐ近くに立っていたゼファニエルは頷くと体を斜めにした。自然と室内へ目が向く。アデリエーヌは予想もしなかった人物を目にして硬直した。ゼファニエルに向けていた笑みが顔の表面に張りつく。目が釘付けになって離れない。

「森で助けてくださった方だよ。驚いたか？」

完全に停止したアデリエーヌを楽しげに見下ろすゼファニエルは喜色満面だ。ゼファニエルとソファの横に立つ人物を交互に見る。

「瞬き忘れてる」

ゼファニエルはアデリエーヌの目のすぐ下を人差し指の側面で軽く触れた。瞬きをしようにも口を開こうにも体が硬直している。触れられた部分以外は夢に包まれている気さえする。ゼファニエルはアデリエーヌの手を取ると、竜騎士団の制服を身に纏ったクレッシド・バルベールに歩み寄った。

「アデル、こちらはクレッシド・バルベール殿だ。クレッシド殿、彼女が先ほどお話ししたアデリエーヌ・ファーレ嬢です」

ゼファニエルからの紹介に慌ててフレアスカートを指先で摘まみ、膝を折って頭を下げる。結んでいない髪が肩にかかって、アデリエーヌの顔を隠した。

「アデリエーヌ・ファーレでございます。先日は危ないところを助けていただき、ありがとうございました」

全身にクレッシドの視線を感じる。

「……クレッシド・バルベールだ。あれはあいつらがクソ生意気に俺の進路を塞いでいたから始末しただけで、あんたらを助けたわけじゃない」

親しみを感じさせない抑揚のない平坦な声。言葉を交わして初めて自分が過剰なまでに期待をしていたのだと自覚した。

（覚えてない、か）

前世とうり二つの容姿に無反応なのは、彼がアデリエーヌを忘れているという答えに直結していた。

（あれから随分経ってしまったもの）

落胆を隠しクレッシドの真向かいのソファに腰を下ろす。ゼファニエルは当然という顔でアデリエーヌの隣に座った。頑丈なソファは二人が座っても軋んだ音を立てない。

「昨日王城で偶然お会いしたんだ。アデル、クレッシド殿はどちらのお国の方だと思う？」

訊かれて「さぁ？」と首を傾げる。

「クレッシド殿はドラグランドの竜騎士なんだよ！」

ゼファニエルはクレッシドにすっかり心を奪われていた。

「竜騎士と聞いて圧倒的な強さを当然だと思った。生きている間に戦う様を目にできたなんて、まだ信じられない」

人間の子供だけではなく、全種族の子供にとって天空に住む竜騎士は憧れの的だ。近所の子供たちが竜騎士ごっこだと言って広場で枝を振り回していた光景を思い出す。

「しばらくガルダイルに滞在されるとのことだったから、我が家に招待させていただいたんだ。滞在中はうちの団員を鍛えてくださる」

「返事をする前に決定したろーが」

「そうでしたか？　おかしいな、記憶違いかな」

ははは、と声に出して笑う。

「笑って誤魔化すな。ま、城に滞在するよりは気楽でいいけど」

構わないかと問われる。誰を招き滞在させるかはゼファニエルの自由だ。口出しする権限はない。承諾すると彼はアデリエーヌの手を取った。

「クレッシド殿は前回の番迎えの頃、第三王子の城にいたことがあるそうだ。話を聞いてみるといい」

調べている理由を具体的に話しているわけでもない。

(ルールディストでこれといった収穫がなかったから、クレッシドを招待という形でお屋敷に連れてきてくれたの?)

言葉にしない疑問が顔に浮かんだのか、ゼファニエルが照れくさそうに頭を掻く。

(優しい人)

クレッシドを前にして強張っていた顔が解けて柔らかくなる。

「昨日も言ったけど興味を満たすほどの話はねぇよ。あの方は体が弱くて迎え入れてから亡くなる日まで自室からほとんど出なかった。挨拶をしたことくらいはあったかもしれないけど、話をしたと言えるほどじゃない」

記憶にないと断言するクレッシドにゼファニエルが食い下がる。

「容姿は?」

「金髪だってことくらいだ」

「病死だったと言われていますよね」

「病死? ああ、そうだな。病死か」

忌々しげにそう言ったきり、クレッシドは口を閉ざした。

顔合わせの日以降、ゼファニエルの屋敷に滞在してはいてもアデリエーヌはクレッシドを遠巻きに見つめるのが精々だった。彼はアデリエーヌに対して笑顔を見せることもなければ、話しかけることもなかった。ゼファニエルを交えた食事の席では会話は弾んだが、彼が席を立てば途端に無口になった。

意図的に避ける彼にアデリエーヌは自分が何か失言をしたのだろうかと考えた。前世では友人関係だったが今世では違う。馴《な》れ馴《な》れしくしたつもりはなかったが、無意識の行動が気に障ったのかもしれない。

だがそれにしては、ふとした瞬間に目が合うことがある。

そんな時の彼の形を変えない緑の目はどこか物言いたげだった。

「面白いもんでもあんの」

クレッシドが滞在して四日目の昼過ぎ。

いつも通り一定の距離を持って生活していたアデリエーヌは廊下から庭を眺めていると、クレッシドに声をかけられた。近づく気配を感じず肩が跳ねるくらい驚いた。そっと中庭を指差す。

「鳥が」

クレッシドは横に並ぶと同じように庭に目をやった。

建物に四方を囲まれた中庭に植えられた低木の枝に二羽の鳥が並んで羽を休めている。

小さな嘴は短く、愛らしい黒い目は真ん丸だ。青い鳥の胸元は黄色く、黄色の鳥の胸元は青い。

背中に日が当たって暖かそうだ。

「コリトックスだ」

「小さくて可愛いですね」

「雄の腹には袋があって雛《ひな》が殻を破る直前までその中で卵を守るんだ。愛玩用で乱獲されて地上では絶滅の手前だ」

「お詳しいですね」

「鳥類だけじゃなくて動物も植物も詳しいぞ。エルフの国の幻獣だって把握してる。世界中から慰めになる物を探すことが俺の仕事だったからな」

ドラグランドの騎士団には色々な仕事があるものだ。アデリエーヌは窓を人差し指の先で突いて唇を尖らせた。チチチッと鳥の鳴き真似をする。

「……喉が渇いたな。茶でも飲むか」

アデリエーヌの肩を軽く叩いて、顎をしゃくる。

「お茶、入れてくんない？」

二人が談話室に入ると、付き従っていた侍女がすぐにティーセットを用意してくれた。

白地に小花柄の可愛らしいティーセットだ。柄の細いティースプーンは純金製で、これにも同じ模様が刻まれていた。

椅子に腰かけるとクレッシドは手で侍女に退出を促した。侍女は戸惑い顔でアデリエーヌを一瞥してから部屋を出て行った。

「お好きな茶葉はありますか？」

「任せる」

カートに並んだ茶葉は六種類。一瓶ごとに香りを嗅ぐ。クレッシドが好んで飲んでいたのは飲み終わりにショウガに似た香りが鼻に抜ける、余韻の短いタイプの茶葉だ。

（せっかくだからクレッシドが好きだったのを入れてあげようかな）

炭を中に入れたスタンドから丸いやかんを持ち上げ、二つ並べたカップとポットを湯で満たす。温まるのを黙って待った。

クレッシドがおもむろに口を開いた。

「大切にされているんだな」

「はい、とてもよくしてもらっています。貴族のお屋敷で生活するなんてどうなるものかと心配でしたが、皆さんとても優しくて」

「あいつあんたに俺を屋敷に招いたのは訓練をして欲しいからだって感じで言ってたけどさ、あれ違うから」

「え？」

「屋敷にいる間はあんたの護衛をするよう依頼された」

「護衛って……クレッシド様が、わたしのですか？」

「人族には負けずとも他の種族には苦戦するってことが身に沁みてわかったんじゃないの。あんたを守るのに俺以上の戦士はいない。あいつに倒せなくても俺になら殺れる。実力の差はわかっていても他の男の手を借りるなんてことをしたかないだろうに、健気《けなげ》な奴だよな」

ゼファニエルがクレッシドを呼んだのは自分の為だとは考えもしなかった。浮かれた様子にすっかり騙された。騎士としては苦渋の決断だったに違いない。

蒸留酒と蜂蜜をティースプーン一杯分カップに入れ、薄緑色の茶を注ぐ。クレッシドは入れたてのお茶を黙って飲んだ。喉仏が動くのをじっと見つめる。二百五十年前は褒めてくれたが、あの頃に比べて腕は落ちているかもしれない。

アデリエーヌの心配をよそにクレッシドは満足そうな笑みを浮かべた。子供っぽい笑みだ。アデリエーヌの知っているクレッシドの笑顔。

「……うん、美味い。ずっとこれが飲みたかったんだ」

しみじみと言う。

「好みが変わってなくてよかった」

上手く入れられたことに安堵し、砂糖菓子の皿に手を伸ばす。

宙で手が止まった。

（――今、なんて？）

意識がクレッシドに持っていかれる。

「アデルが入れた茶以外なんて飲めたもんじゃなくってさ、実は茶を飲むのは二百五十年ぶり。あー、クソ長かった」

目元と口元に柔らかな笑みを広げたクレッシドは迷いなく言った。

「アデルだろ」

断定した物言いだ。皿の手前で止まったアデリエーヌの手の甲に自らの手の甲をコツンと当てる。

「知らん顔するなんて少し会わない間に随分薄情になったな」

手をひっくり返し手のひらを天井に向ける。クレッシドの手がそっと重なった。

「ルールディストで俺を呼んだくせに、ここでの態度はなんだ。意味わからん」

体の震えに合わせて堪え切れない涙が頬を伝い落ちた。

「……止まってくれなかったくせによく言うわ」

不満げに頰を膨らませるとクレッシドは「ははっ」と笑った。優しい目が涙で潤んでいる。

「アデルの声が聞こえた気がしたけどそんなわけない、あり得ない。あんまり長い間アデルのことばかり考えていたから、とうとう幻聴まで聞こえるようになったんだと混乱した」

「だから男爵家まで確認に来たの？」

「うん」

「ならどうしてわたしのことをあんなにも冷たい目で見ていたの？　わたしのことなんて知らない、覚えてないなんて言って。わたしがどれだけガッカリしたか」

「半信半疑だった。だってそうだろ、記憶があるなんて誰が思うよ。無表情を意識しないとなんでも顔に出ちまうし」

クレッシドの首に縋りつく。

「落ち込ませたことに対する謝罪を要求するわ」

「ああ、悪かった。全面的に俺が悪い。ごめん」

背中に回された手から激しい後悔を感じ、首を横に振る。クレッシドは天井を見上げスンッと鼻をすすった。

「会いたかった」

涙が次から次に溢れて止まらない。クレッシドはアデリエーヌの肩と髪を撫でてから体を離すと、涙に濡れた頬と目の端を親指の腹で拭った。

遠慮なしにごしごしと拭う。頬の肉を上下左右に動かされて、アデリエーヌはクレッシドの手の甲を叩いた。

「ちょっ、クレッシド、雑っ」

「まーったく、泣き過ぎ」

「か弱い女の子の頬を床磨きするように拭かないで」

不満いっぱいに頬を膨らませるとクレッシドは声を出して笑った。椅子を引き寄せクレッシドのすぐ隣に座る。

「ルチアはどこ？　二人で来たのよね？」

「あー……いや、違う。ルチアがどこにいるか、実はわかんねぇんだわ。誰にもなにも告げずにどっか行っちまって音沙汰がない。アデルが死んだ時に俺以上に落ち込んで立ち直れないって感じだったから、国に戻る気がないのかもしれない」

「そっか……。クレッシドは？　あれからどうしてた？　番とは出会えた？」

「番はまだいない。探してもいないし、その気もない。殿下みたいなことになったら立ち直れそうにないからさ」

彼が指す殿下の番とは前世の自分のことだ。待ち続けた番はよりによって人間で、しかも一年足らずで死んだ。アデリエーヌが表情を変えたことで失言に気がついたクレッシドは眉を下げるとすぐに「ごめん」と謝罪した。

クレッシドが一言余計なのは昔からだ。

気にしてないと言う代わりにベーッと舌を出すと、クレッシドは両手でアデリエーヌの頬を包んだ。親指の腹が頬骨を左右に撫でる。

(ああ、アデルだ。生きているアデルだ)

アデリエーヌはクレッシドの最も美しい友人だった。彼女が王城の庭園に佇んでいるとそこだけが春の陽《ひ》だまりのように明るくなった。

屈託のない笑みが、小さな気遣いがどれだけ自分たちを癒やしたか。

「クレッシド」

「ん？」

「あの……ごめんね」

「なんで謝罪？」

「最後に会った日のこと。わたしあの時は自分のことでいっぱいいっぱいで、クレッシドがあの絵を手に入れるのにどんなに苦労したか少しも考えもしなかったの。クレッシドを追い返して、すぐに自分の振る舞いを後悔したわ。あんな風に八つ当たりするべきじゃなかった。優しい気持ちを踏みにじる真似をしてはいけなかった。本当にごめんなさい」

頬を包んでいた手が静かに離れる。

「謝らないでくれ」

クレッシドの顔から表情が消え、纏う空気が再会を喜ぶ明るく陽気なものから重く沈んだものに変わった。

震える手がアデリエーヌの二の腕を掴む。

「ク、クレッシド？」

「あの日――アデルは精神的にまいってて、珍しく弱音を吐いたよな。俺に助けを求めて、苦しみを必死に訴えていた。なのに愚かな俺はまともに取り合わなかった。あんなに辛そうだったのに俺は軽く考えていて、ベラベラと好き勝手なことを言ってアデルを傷つけた。……なぁ、教えてくれ。俺が、追い詰められていたアデルを突き放したりしたから」

苦しげに目を細め眉根を寄せたクレッシドから吐き出された言葉に、アデリエーヌは自分の耳を疑った。全身から力が抜けていく。「なに？」と声に出さずに訊くと、クレッシドは声を震わせながらもしっかりとした口調でもう一度言った。

「だから自殺なんてしたのか？」

＊

身の丈三メートルを超えるワーウルフの胴体から切り離された首が地下水で濡れた地

面に落ちた時にはもう、第三王子の姿はそこにはなかった。

行く手を阻み執拗《しつよう》に立ち塞がるワーウルフやウェアタイガーの群れの首を次々に落としながら目的地に向かって真っ直ぐに進む。多くの種族から畏怖の対象となっているワーウルフもウェアタイガーも第三王子の行く手を阻む壁にすらならない。

一方的な殺戮《さつりく》に傍観者を気取っていたケルベロスの群れは洞窟から逃げ出し、自分たちの住処へと帰って行った。

ひんやりと冷たい空気が漂う洞窟の中に血の臭いが満ちる。青白い炎を纏った第三王子は瞬く間に敵を殲滅すると、洞窟の最奥にある開けた空間の手前で立ち止まった。

乳白色の薄い膜が空間を区切っている。触れた者から生気を吸い取り状態を維持する類の結界だとすぐに理解した第三王子は手にしていた剣でそれを斜め切りにした。結界は甲高い音を立てて崩れ落ちた。結界の残骸を踏み潰しながら空間の中央に近づく。結界が守っていたのは壊れて魔力を失った魔道具だった。魔道具は全部で五つあった。壺《つぼ》、書物、筆、横笛、首飾り。どれも王家の宝物庫から盗まれた物だ。

(こんな所に隠していたのか)

首飾りを手に取る。魔力は完全に使い切られており、ほとんど感じない。ただの道具と化したそれらを道具袋に入れると第三王子は不適な笑みを浮かべた。

「これで貴様もお終いだ」

無機質な冷たい目には全てを焼き尽くす炎が燃えていた。

<初出>

本書は、「ムーンライトノベルズ」に掲載された『だって望まれない番ですから』を加筆・修正したものです。

※「ムーンライトノベルズ」は株式会社ヒナプロジェクトの登録商標です。

この物語はフィクションです。実在の人物・団体等とは一切関係ありません。

◇◇メディアワークス文庫

# だって望《のぞ》まれない番《つがい》ですから1

一ノ瀬七喜《いちのせななき》

2024年3月25日　初版発行
2024年10月10日　4版発行

発行者　山下直久
発行　株式会社KADOKAWA
〒102-8177　東京都千代田区富士見2-13-3
0570-002-301（ナビダイヤル）
装丁者　渡辺宏一（有限会社ニイナナニイゴオ）
印刷　株式会社KADOKAWA
製本　株式会社KADOKAWA



●お問い合わせ
https://www.kadokawa.co.jp/（「お問い合わせ」へお進みください）
※内容によっては、お答えできない場合があります。
※サポートは日本国内のみとさせていただきます。
※Japanese text only

※定価はカバーに表示してあります。


Printed in Japan
ISBN978-4-04-914762-9 C0193

メディアワークス文庫　https://mwbunko.com/

本書に対するご意見、ご感想をお寄せください。
**あて先**
〒102-8177　東京都千代田区富士見2-13-3
メディアワークス文庫編集部
「一ノ瀬七喜先生」係

◆◇◇

# 冴えない王女の格差婚事情1

戸野由希

**地味姫の政略結婚の相手は、大国の美しく聡明な王太子。でも彼の本性は!?**

大国カザックの美しく聡明な王太子フェルドリックから小国ハイドランドに舞い込んだ突然の縁談。それは美貌の姉姫ではなく、政務に長けた地味な妹姫ソフィーナへの話だった。甘いプロポーズに喜ぶソフィーナだが、「着飾らせる必要もない都合がよい姫だ」と話す王太子と鉢合わせてしまう。幼い頃から密かに想いを寄せていた王太子の正体は、計算高く意地悪な猫かぶり！

そうして最悪な始まりで迎えた政略結婚生活。だけど、王太子にもソフィーナへの隠された特別な想いがあって!?